番薯情

贞尧仔 著

海峡出版发行集团 | 海峡文艺出版社

图书在版编目(CIP)数据

番薯情/贞尧仔著. —福州:海峡文艺出版社,2022.3(2022.5重印)
ISBN 978-7-5550-2929-8

Ⅰ.①番… Ⅱ.①贞… Ⅲ.①散文集—中国—当代 Ⅳ.①I267

中国版本图书馆CIP数据核字(2022)第030797号

番薯情

贞尧仔 著

出 版 人	林 滨
责任编辑	蓝铃松 刘含章
出版发行	海峡文艺出版社
经 销	福建新华发行(集团)有限责任公司
社 址	福州市东水路76号14层
发 行 部	0591—87536797
印 刷	福建东南彩色印刷有限公司
厂 址	福州市金山浦上工业区冠浦路144号
开 本	787毫米×1092毫米 1/32
字 数	50千字
印 张	4.75
版 次	2022年3月第1版
印 次	2022年5月第4次印刷
书 号	ISBN 978-7-5550-2929-8
定 价	29.30元

目　录

第一辑　番薯物语

第二辑　雪泥鸿爪

附　录

第一辑

番薯物语

薯味悠长

儿时，总盼逢年过节有粿吃。

如今，每逢年节，想起节粿，依旧满口津涌，全身起劲。

福清家乡习俗，五日节、七月半、中秋节、春节等传统节日，家家户户都要做节粿。儿时的节粿，一般分两种。一种是小麦粉做的“起膨粿”，发酵，无馅，多为圆形或元宝形，量极少，主要用于祭祀和待宾客；一种是以地瓜为原料的“薯糜仔粿”，不加酵母，有馅，多为两头粗腰细的哑铃形。节粿以此为主。

家里造节粿，母亲是全流程掌控，每一道工序、每一微粉、每一细馅，母亲都倾注心力。

造粿，磨、舂是要务。心比筛孔细，粉精渣粕少。母亲先用手摇磨，磨两三斤小麦，用筛桶筛粉，细粉用于造“起膨粿”，麦粕用于造“薯糜仔粿”。祖厝住户多，却只有一台石磨，临近节日用磨得排队等，排到我们家时，母亲身手随磨飞转，在谈笑间就磨好了麦粉。用舂臼舂薯糜仔，是苦活累活，更是细活心活。薯糜仔是地瓜经粉碎后，洗去地瓜粉的地瓜渣晒干的，简而言之，就是地瓜渣晒成干，结构松散而轻飘，似指节大小，成棉絮状。舂薯糜仔得循序渐进，由轻而重。松散者，只能先轻敲细打，再逐步加重，否则飞蹦乱溅。母亲将要舂的薯糜仔，用竹箩装着，放在舂臼的右边，站立俯着身子，拿着洁布，清洁舂臼和舂锤。舂锤多为木柄和状如马头的石锤头构成，成L形。母亲端来一条板凳，放在舂臼前，坐着，上身前倾。右手抓放三五把薯糜仔，放进臼内。左手握舂锤木柄后端，右手握前端，以右手使劲提放为主，让舂锤头起落撞击。先轻抬轻落，上下幅度由小而大，一般锤头不高于舂臼盘面，连续用轻锤快锤，将薯糜仔舂锤成颗粒，如细沙状。再加几把薯糜仔，照样用轻锤快锤，锤成颗粒。如此反复，持续加量，累计舂锤成的颗粒约至半臼的量。然后用重锤，耗大力。母亲起身，挪开板凳，左右脚成小弓步，将十斤八斤重的舂锤举过头顶，眼神随锤头起落，手臂依身心飞扬，让薯糜仔在臼锤间无声冲撞。母亲每一次举高锤，都得深吸气，挺起身，扬起臂，过头顶。落锤，用上身带着臂，聚全身力气于锤头，连上身压下、砸开，恨不得一锤将薯糜仔砸个粉碎。如此俯仰身心无数次，一锤一锤地落，一臼一臼地舂，至母亲像被雨淋过似的，才将薯糜仔砸磨成粉。用大拇指食指捏少许粉，轻轻捻搓，手感圆润，粉细，能出臼。母亲说，千锤百舂，才能修成正果，而偷懒应付，得来的只会毛糙晦涩。母亲不顾辛劳，顺手将蒸熟的地瓜片舂锤如泥，入口即化，不能有沙沙口感。把舂好的地瓜片泥刮到脸盆，再加入糖精或少许红糖融化的糖水，揉均匀，作为薯糜仔粿的馅。

薯糜仔舂磨成的粉，用筛桶筛出细粉，在磨桶中加上地瓜粉，和蒸熟上好去皮的地瓜一起捣烂，再搓揉，搓之又搓，揉之又揉，拉拉缩缩，翻转折按，直至随便揪一团，都能拿捏成型，这样，就可作为薯糜仔粿的皮料。

节粿好吃，造却不易。母亲起大早，磨粉、舂薯糜仔、揉馅、搓皮料，费了大半天辛苦。造成粿，够火候，好吃可口，还得持续忙碌。母亲端来大簸箕，撒上麦粕，似星星满天，以防粿粘簸箕。不黏黏糊糊，就得有缝隙，哪怕如麦粕细小。重活、细活母亲自个儿干，让粿成形，母亲教我们兄弟姐妹一起动手。母亲先把皮料搓成一条条粗细相同、大小均匀的皮料棍，根据要造粿的大小，分成均等的小段。母亲先做一个示范，拿一段塞进粿模具中心，用双手大拇指沿着模边缘摊挤开，均匀摊压，使皮料厚度在3毫米左右，让皮料长出模具边缘些许，再抓适量的馅放入模具内，轻按馅，力度不大不小，密度不松不实，再将皮料边捏薄，四周合拢，捏贴接缝，再用手掌揉按成平面，成粿底部。移动模具，朝簸箕边轻敲，翻过模具，落粿在簸箕上，一块粿做成了。我们兄弟姐妹围着磨桶，群手拿捏欢腾飞舞，照样画符，有的画成，有的也画不成，母亲当场纠正。母亲造粿精到，惜粮如命，教导造粿手必须在簸箕等器具之上，不允许一粒食料落地。元宝形薯糜仔粿粿面图案多为莲花和鱼，哑铃形图案多为福寿字样。造成的粿是顺着簸箕圆周排放的，先大圈，再小圈，依次排向簸箕中心，摆中心的一个是元宝形。俯看簸箕摆放的粿，像八卦阵，星罗棋布，满眼奇趣。

成形而非成熟，成形易，成熟难，难在火候。造粿的最后一道工序就是蒸粿。粿成形后，何时入锅，因天气而定，天热，要早入锅，否则容易发酸。蒸粿，用土灶大锅。锅中放适量的水，架上竹篦，铺上粿叶（一般是玉竹叶，也有水葫芦叶），有序摆上粿，一般一次蒸两篦，有时也蒸三篦，架上松塔，再盖上锅盖。母亲开始用小柴火起灶，再拿大柴，急促地拉着风箱，猛火蒸煮，锅上蒸汽腾腾，满屋炊烟，粿香四溢。母亲凭经验，再用余火蒸，让火透粿心，待自然冷却后再出锅。火太猛、早出锅，粿易变形；火小、蒸煮过长，粿皮如水侵蚀，观感差，难入口。年幼的我，想吃粿，常望锅流口水，总想揭锅盖。母亲常说，火候到，顺着吃，润喉舌，益心肺；火候未到，抢着吃，食而无趣，食而无味。

揭盖起锅，粿热烟徐徐，粿色黄中带青，似翡翠造，如圣果，让人垂涎欲滴。母亲先拾几块，送给邻里“五保户”老婶妈，然后才轮到家人享用。我们想多吃，但母亲有不成文的规矩，限量供应，年节结束前，家里必须有粿，不能比邻里早用完。省吃俭用，福味悠长，自尊满满。

俗话说，有心打石石有孔，一双手会做百样事。就薯糜仔，能制造出薯糜仔粿、薯糜仔面、薯糜仔饼、薯糜仔羹等等，形色味各异，让涩涩沙沙的地瓜渣，成了福清人的挚爱美味。人们褒奖“福清哥”，却忘了其背后无数

辛丑吉月

如母亲一样的“福清妹”，她们凭自己的勤劳和智慧，化腐朽为神奇，拿捏制造出用之不尽的物质和精神食粮，让“福清哥”拼搏天下，走天涯，生生不息。

2020 年 5 月 13 日

薯粉生津

番薯粉，家乡人没有哪家不用，哪人不吃，已融入每个人的血脉。

番薯粉，是番薯（也称地瓜）经粉碎分离出来的淀粉，也称地瓜粉或薯粉。番薯粉是家乡上等优质食材，是美好生活的地标产品。

番薯粉提取得花一番功夫，有集中提取和分散累积提取两种方式。我们家更多的是分散累积提取，多为煮“薯糜仔羹”的副产品。

生活在重复，但不重复简单，日复一日得既生又活。物可一用再用，而再用非一成不变。家乡系地瓜县，家里的主食，一日三餐基本都是番薯。每天生活有滋有味，就得想办法让番薯百吃不厌，吃出百样味。因此，母亲会隔三岔五煮“薯糜仔羹”，让土土的番薯焕发出萌萌的生机。

煮“薯糜仔羹”，先得扒番薯。母亲端着小板凳，就着放番薯的箩筐，坐着。母亲左手拿起番薯，翻手掌心向上，上手臂自然下垂、贴身，前臂伸出，略上倾，托着，将番薯控在掌中，像观音托玉净瓶。

母亲右手大拇指和食指中指捏着刮刀，一般落刀番薯圆径最大处，从大往小、从前往后，往身体方向刮番薯皮。一样番薯，不一样的表皮，凹凸坑洼各异，扒番薯皮得因地用刀。因此，母亲遇圆平而贴刀长扒，有坡峰就短刮，见狭缝用刀尖抠，见臭眼就深挖，番薯蒂筋就以刀刃削。母亲右手拿刮刀，似指挥棒在舞动，左手五指遥相呼应，有节奏地转动、摆弄着番薯，一手舞刀，一手静中有动，似乎刀长眼，不重复一刀，不错漏一处，在刮、抠、挖、削声中，让番薯清清爽爽地脱皮净身。扒完番薯皮，母亲左手黏结了一层淀粉，扒番薯越多，结层越厚。这是劳动的印记，天然的记功牌。

接着，母亲就开始擦番薯。清洗扒好的番薯，放入摆在石桌的磨桶。拿下挂在墙上的薯糜仔擦，清洗，将薯糜仔擦远端放磨桶底，顶着桶壁，近端靠磨桶边缘上，如放洗衣板。母亲小弓步，站在石桌前，调整好位置，抓起番薯，把番薯一头放在薯糜仔擦近上端，双手握住番薯另一头，往远底端用力推擦，推到尽头再顺势拉回，到近上端原点，再往下推擦，如此一推一拉，往复，母亲上身随之起仰躬俯，手在不停地变换番薯的受擦面，掌控推擦速度。番薯个大，重推慢擦，啡嚓——呼，啡嚓——呼，有声无音，声粗而沉。番薯个小，推擦往返频率快，啡嚓——啡嚓，声细而清脆。番薯在有声有音中渐渐消形，待细小到难抓、无处握，母亲就单手用手掌底细细推擦，直至化番薯于无形，成了浆。摩擦反复，损耗无形，物将不物。

随后，母亲冲洗薯糜仔擦，用竹桶刷刷干净，收起。再往磨桶注入适量的水，将番薯浆搅拌均匀。提一个水桶，在桶口架上薯糜仔筛，铺上一块大于薯糜仔筛的纱布，舀番薯浆倒、铺在纱布上，自然过滤，淀粉水往桶里流、滴，略干，抓起纱布的四角，拧成一股，持续发力至拧不动，接续在薯糜仔筛上又挤又压，直至挤压不出水。为了多洗淀粉，一般会再打开纱布，捣松，翻动，舀水冲灌，再挤压干。大多淀粉遇水顺流入桶，但总有些未被冲及而沉没其中。闪亮能登场得有机缘。然，不随缘也安好，可为番薯渣减涩添滑，在无用中得其用。

淀粉水沉淀一夜，分上下层，上层水呈棕绿色，好货沉底，番薯粉沉淀在水桶底层，成凝固状，乳白色。逢好天气，番薯粉随时晒，用小簸箕。遇天气不好，只好积几次再晒，用大蒡簸。晒干的番薯粉成颗粒状，不规则，如雪花，小的似沙粒，大的如指头大碎石。当然，晒番薯粉还是有讲究的。及时晒，早晒干，番薯粉雪白雪白的。过时晒，或者阳光不足，较长时间才晒干，番薯粉会变色，往往发黄发暗，甚至发酸。美白、保鲜，不能误时。我们家的番薯粉洁白洁白的，母亲将其收入瓮中珍藏。

集中提取番薯粉，一般是选一个好天气，挑拣一两百斤番薯，扒好，洗净，送到粉碎机器作坊榨成浆，其他流程与分散提取一样进行，一般还会将薯糜仔晒成干，存储另用。

生活在于创造。干得辛苦，生活有味。一个番薯，分解成番薯粉和薯糜仔，二生三，三生生活百味。

儿时，吃得最多的“更顿”（福清方言，有换口味改善生活之意）就是“薯糜仔羹”。母亲煮“薯糜仔羹”，先起灶生火，锅微热，拿出长放在灶头的一两块约一寸宽窄5毫米厚的板肉（家乡宴席都有一盘板肉，自个儿的份，舍不得吃，带回，用于油锅），在锅里涂擦一遍，发出叽里叽里的声音，算给锅上了油。随后将番薯叶等蔬菜入锅，小炒，倒入水，加入一些小海鲜，如小蟹、小虾、小螺、小鱼、白蛤干等，倒进主食材薯糜仔，有时也会加一两把米，大火煮开，待米熟透了，再加个把片一二两重的豆干或米粉仔，撒入芹菜、蒜，搅动，盖锅。待烧开后起锅，即可食用。

薯糜仔羹舀在碗里，碗面一粒粒开花的大

米和一条条稀稀的豆干或米粉仔，似夜晚的天空，星星点点，星河闪闪，倍增食欲，也更添饥饿感，恨不得一口吞星河。因此，吃了一碗又一碗，吃到刷锅底。然，一时过，肚子又咕咕叫，等待着、期盼着母亲筹办“更顿”。

2020 年 6 月

母爱留香

母亲用一双巧手，化腐朽为神奇。不仅就地瓜渣薯糜仔，能造薯糜仔粿、薯糜仔饼、薯糜仔面，以变换口味，改善生活，使凡物成非凡。更让优质食材番薯粉，造就滑粉、薯粉面、番薯丸等等美味佳肴，令人心驰神往。我们走千山万水，常在梦中想起，垂涎欲滴，乡愁随形。

滑粉，也称"撮粕"，是家乡上等的招牌

辛丑仲秋

菜、硬菜。逢年节，或来客人，一般都煮滑粉，常见有滑鱼粉或滑肉粉，以滑鱼粉为多，难得的也有二者混合。

母亲先观察鱼肉纤维走向，在其垂直方向下刀，将鱼肉切成薄片，加些许酱油、料酒，搅拌均匀，腌制一定时长。再加入适量的番薯粉，视量洒点水，用手揉搅，让番薯粉黏裹鱼肉片。起灶生火，让锅过油，将蔬菜（一般是包菜、白菜、花菜、丝瓜之类的）入锅，小炒，注入水，盖锅，大火烧开。

来客人，煮点心，量少，母亲用筷子夹着鱼肉片，一片一片入锅，每一片都不含糊、黏扯，片片有样。过年节一家人食用，量大，右手五指并用，撮拿一手鱼肉片，手在锅上移动，对着滚开沸腾处，搓捻出一片又一片，接续落锅，似花样游泳，沉浮舒展，千姿百态。稍等片刻，锅全开，翻滚，满锅起泡，噗噗响，放入酸笋米及汁，再撒些芹菜、蒜。锅铲循贴着锅边入锅底，轻轻搅动，情有独钟的家乡味、滑粉之灵——笋米味，侵入每一隙空间，入肝肠，润心肺，起精神。

母亲用锅铲舀一口汤汁、一小片滑粉，倒到小碗里，试嘴尝味。母亲摇晃着碗，使汤降温，后将碗倾斜，先吹气，再用嘴唇轻吸，发出长嘘声，上下搅动舌尖，发出短促的嗒嗒响声，含笑点头，合口味。随之，夹碗中那一小片，塞到我口中，我未经咀嚼，一滑溜，到肚里了，再张口，还想尝。母亲笑着说："好吃吧，那就出锅装碗了。"

母亲用勺子一片一片地挑舀，先装满满

一大碗“高质量”的，给父亲食用，再给我们兄弟姐妹装碗，最后留给母亲自己的，见不到一两块滑粉，只有稠糊的汤汁了。母亲心腹，满满的全是家人。

小时候，家里缺油少肉，极少煮肉片粉，只遇年节才有。家人讨海捕鱼，剩鱼货，多以蒸、炊、煮方式充食解饥，也有滑鱼粉。临时来客人，没有鱼、肉，就去食杂店，买“火把”或豆腐蕃蒲，将“火把”掰碎，如指节大小，浸泡，或将豆腐蕃蒲切成丝，滑粉，作为点心以敬客。家常日用，好像什么东西都可以滑粉，如滑萝卜干粉、花生仁粉、蚕豆粉、蘑菇蒂粉，长尾螺粉，也有近似滑粉的杂烩稠稠、鼎边炆等等。

滑海蛎粉、蛏粉，是我的最爱。自家挖

的海蛎、讨的蛏，基本都能卖掉，就舍不得自个儿吃，极少煮着享用。偶尔，挑鱼到集市销售，卖个好价钱，过午赶不回家，摸摸口袋，盘算盘算钱，突破只赚不花的心理防线，狠狠心，坑一下自己。此时强烈的欲求，牵拉着我，去奢侈一回，走向饭馆，但脚步略显忧郁。进容易，退就难。我点了点分分毛毛零钱，买一小碗海蛎或蛏滑粉，配上一块光饼，那是一种难得的享受，有说不出的味道。难得一吃，饥肠辘辘，恨不得一口吞下一碗，但又舍不得。面对白如珍珠张着页片的海蛎，色如田黄婀娜身材的海蛏，裹着薯粉，晶莹剔透，带着欣赏的眼光，视线聚焦于碗，知行融于碗中物，一筷一筷，缓缓夹起，慢慢移入口，顺舌游滑到牙床，细细咀嚼，徐徐下咽，好吃得似乎连舌头都往肚里吞。爱入心里，难割舍。吃到后面，就用光饼刮净挂在碗边的粉糊，一并细咬、慢嚼。意犹未尽，又想按重播键从头来回味，再回味。最爱，得长、常回锅、回味。

赶回家，一路上满嘴鲜香，满脸都是牙，满心幸福，但摸摸钱袋，心有忐忑。回想当初，现在的生活有多美好！

现在天天都可煮滑粉，当且行且珍惜，不忘来时路。只有我们创造出更高质量的工作和生活，这才是敬献给先人父辈的最好礼物。

2020 年 6 月 21 日，父亲节

乡土情深

仓廪实而知礼节。家乡人不谙此理，却以不多的番薯粉，铺撒出漫天的情义。

少时，邻里厝边几乎家家都养猪，猪出栏，都有煮“猪血”分给邻里的习惯。名为“猪血”，实际上是猪血和拌上薯糜仔粉和番薯粉，造成的粿条。一头猪的血，加入几斤薯糜仔粉，添少量的番薯粉，泼洒适量的水，搅拌，搓揉，调制成如红褐色的粉泥，拿捏成巴掌大、厚约 10 毫米的圆粿块。烧开水，将圆粿块入锅，大火煮熟，成黑褐色。捞起，冷却，再将其切成宽约 5 毫米的粿条。像煮滑粉一样，用蔬菜、小海鲜等烧汤料，再加入这粿条，有时加片把大米粉，烹煮。汤料的鲜，蔬菜的绿，粿条的墨，大米粉的白，廉物类聚、融合、竞放，内涵丰富。厝边邻里都得分，不厚此薄彼，一家一大碗，一般都要煮一两锅。虽然没肉、没油，但大家吃在口里，暖在心中。即便平常有纠葛，而能把锅里的东西分享，一起吃，也没有什么可计较的了。你吃我的，我吃你的，礼尚往来，和谐友爱。

番薯丸是家乡人的挚爱，也是睦邻善友的使者。平常家里比较少做番薯丸，一般是讨海货较多，又卖不掉，且有闲余，家人想解解馋，母亲就会为之操办。

母亲挑拣好番薯，刮皮，洗净，入锅，大火蒸熟，自然冷却，捞起，放入磨桶。将熟番薯捣烂，按一定比例添加番薯粉，和成柔顺可搓捏的番薯泥，作为番薯丸的皮料。接着，备馅料，全是自家捕获的海鲜。一家人齐动手，挑螺，去虾壳，剥蛏贝，磨章鱼，踩沙虫，捏土钉（海葵），再洗净，切细，分别装碗，腌制备用。

做番薯丸是技术活，一般是母亲亲自做，姐妹当帮手。母亲撮拿一团番薯泥皮料，两手拇指背对、紧贴着，按陷入泥团，食指中指一起对着皮料，快频率捻搓、转动，皮料成三分之二的球体。腾出右手，用筷子夹备好的海鲜馅，放入球体内。装馅得有道道，不多不少，不紧不松，分寸妥妥。捏薄球圆口边的皮料，撮合封闭，轻揉按，不见缝，不留隙。再放两掌心之间，搓磨，修正，美容，成球丸。番薯丸不大，大不了网球，但乾坤大。丸皮得厚薄均匀，耐得起烧煮，撑得起内馅膨胀，经多少滚烫、浮沉，可不能透水漏气。

在旁边看，手痒，心痒，口馋。因此，我就试着做，把自己爱吃的章鱼、蛏等，夹塞得满满的，还暗暗做了记号，欲留着私用。母亲说，好吃的，也不能贪多，过满的，就会破损。母亲大火烧开汤料，轻拿番薯丸，手贴着汤面，滚动入锅，一粒一粒潜入水、下沉。随着汤料翻滚，番薯丸一粒一粒浮出锅面，似翡翠球在欢舞，有独自旋转跳跃，有集体波动起伏。场面再热闹，我在意的，还是我想要的。

逐个盯着察看，还是见不到我做记号的。破的破，糊的糊，再好的料，都沉没无影，贪多、过满，一无所获。

做番薯丸，耗时、费料，一般家里也少做。逢时节，难得做一两次，母亲会多做一些，用于做“世事”，有的做好就送给近亲好友，有的煮熟后再分享友邻厝里。母亲常说，有好的，不忘得分享。

家乡有一种习俗，叫“攀揽吃”，用现代的话说，就是以众筹方式聚餐。这是物质匮乏时期特有的方式。搞牙祭，增情义。“攀揽吃”，有时是合伙围捕的大鱼，卖不掉，一起享用，更多的是共事伙计，遇初二、十六“做牙”，聚餐，侃大山。“做牙”，合伙买肉、鱼、豆腐等几大件，到特定场所祭祀。敬神毕，集

辛丑秋日

中到一个伙计家，有的供薯粉，有的拿蔬菜，有的给佐料，有的会把家里的特产拿出来共享，汇聚各方土货精良。主菜多为煮滑粉，也有炒米粉。“攀揽吃”一般是男劳力，也有极少家庭妇女。大家在打牙祭中谈笑风生，谈天说地，家长里短，疏解开导，牵线搭桥，追根溯源，春播秋收，在菜味炊烟中展现生产、生活图景，以滑粉方式散发喜怒哀乐。

家乡的端午节，也称五日节，初一钉门葱，初二起家饛，初三煎面饼，初四做节仔，初五喷雄黄。其中起家饛，就是做节粿，基本上是薯糜仔粿，哪家率先出锅，一般都分给邻里老人、小孩享用。我们家常常出第一锅，先行分享。煎面饼，家里面食少，一般以番薯粉拌以韭菜、蛏，摊煎成薄饼。一锅一块大饼，像一张油画，青色通透的薯粉，墨绿苗条的韭菜，鲜活多姿的蛏，各展其色，共添美景，可谓百看不厌，百吃难饱。然而，母亲自己舍不得吃，总会煎一锅，端出来，与厝里婶婆共赏美味。

母亲常说，人穷，得有富人样，不畏穷，不攀富欺穷。我们家，少求人，很少进“华侨厝”、富人家。遇三五成群的乞丐到访，母亲都会拿出一个番薯，或抓若干地瓜片，或送其他可给之物，从不空手。母亲常教诲，“看人富，千万没看人穷”。也就是说，尊重富有，不可看轻穷人，得给予应有的尊重。至今，出门走街闯巷，随身总带着零钱，从不让有求者失望。

家乡的番薯味，很浓很浓，走亲访友，做

礼品的，常用番薯粉和薯粉面，贴上大红纸，礼轻情重，充满烟火味、乡土情。

2020 年 6 月 25 日，端午节

无薯不欢

时至今日，一提起煮薯粉面，似乎即刻闻到“办酒味”，这是家乡宴席的几道硬菜之一。20 世纪七八十年代，一般家庭遇好年景，才制作薯粉面，要请专业师傅加工。

师傅带来竹制大炊床（蒸笼），圆径略小于大锅口径，高约 30 厘米。先在土灶大锅中放足够的水，将炊床架在锅中，在炊床底层铺一张大纱布，覆垫床底，遮过床墙内侧，略外露覆过墙顶，外翻，布边沿自然垂墙外侧，盖锅，压住纱布，生火起灶。将番薯粉按一定比例溶解于水，搅拌均匀，成乳白色液体。

锅烧开，师傅揭锅盖，舀适量的番薯粉溶液，往炊床底面缓缓倒入，边倒边有规则移动，倒毕，再用木板铲摊铺、均平，满床底，约 1 厘米厚，盖锅。大火，师傅凭经验，听锅水沸腾声，掌控开锅时间，番薯粉溶液凝固、熟透。再舀番薯粉溶液倒入炊床，方法如前，厚度略同，再盖锅，蒸熟透、凝固。此间，不时往锅沿与炊床外墙之间绕圈补水，防止锅烧干。如此往复，一层一层铺高，蒸煮凝固，一般高度在十几二十厘米，或薄或厚，视量而定。随后，熄火，自然冷却至常温。

师傅揭锅盖，同家人一起抬起炊床，将熟

透固化的番薯粉倒翻在桌上，揭开纱布，呈圆柱盘，青灰色，有光泽。在地上摆放一张大竻簸，放上专用工具椅，师傅将薯粉圆柱盘，如车轮般固定在椅上，似骑马状，双手握刨面刀，由上而下擦刨，每刀控制面长在 40 厘米左右。师傅俯身刨，面条似瀑布，倾泻而下。心到力到，刀刀妥帖，束束听令，就势卧倒。

薯粉面刨积一定数量，母亲将其挪移到另一张竻簸，梳理成片。母亲下蹲，张开双臂，环抱竻簸，站立，抬起，放在桌上。母亲立在桌旁，左手横拿一只长筷子，成水平线，右手提起面，架骑在筷子上，条条缕缕排开，五六厘米宽，梳理，让面条垂直，两边约等长，如垂帘。再右手掌轻托，握着面条下端，左右手拉托着面，平放竻簸。右手掌托握着面，约在面三等分处，往左手方向，折回，轻按，再左手用筷子牵拉着面，往右折叠覆盖，抽出筷子。用好长面，还得不弃“提不上筷子”的碎杂面。母亲说，碎事杂物，可拾惜的都要拾惜，拾得起，都好。因此，母亲在折叠牵拉覆盖之间，都会拾些许碎面填铺其间，让长包容着短，碎杂不显于外。这样，面条条、面碎碎，就成了面片片。条条平直，不露头，能容碎，片片就好样、好看。

母亲重人情礼节，家里的薯粉面，大部分做礼品送人，自家煮得少，因此，也记不清烹饪方法了。只是“办酒味”挥之不去，得机参加乡亲宴席，总认真观察、探究上席的薯粉面，也请教乡厨、村嫂，会同家里“孙大妈”，模仿出煮薯粉面的土方秘籍。

薯粉面，量少，煮不出味。偶遇家里来客多，咱会试着煮，一是自己想解解馋，二也想展示一下仿造的能力。自个儿主要负责上街采办、备料。特别是主配料红鲟蟹，以庖丁解牛的状态，先去鲟的两只钳脚，剥鲟顶壳，用食指或筷子刮出红膏。拿刀对准鲟背凹陷处，对半切鲟身。再以刀切面为底，拉起鲟脚，侧立，在两鲟脚腿缝隙间下刀，稍用力，嘎叽一声，切开。半边下四刀，成五块。不经意间，就把两三头鲟解决了。还有，切三层肉成肉丝丁，剥切洋葱成瓣片，浸泡香菇切成丝，小海虾去头断尾，章鱼净墨切段，蛏剥壳，海蛎淘洗，挑螺肉等等。家里“孙大妈”做细活，薄切胡萝卜成圆片，叠数片削切成粗细均匀的丝条，芹菜、蒜、白菜帮切成长短均等的段块，细细淘净蛏、海蛎、螺等杂壳，精细配料，碟碟有序。

“孙大妈”掌勺主厨，似乎没咱什么事。没资格上手，总闲不住，时而望锅兴叹，时而观火指菜，蛮讲闲说。标配齐全，放锅，开中火，放入肉丝，盖锅，叽叽响，逼出油。给够热，始熬足油。油多，面才香滑。锅铲轻搅肉丝，看肉丝呈金黄色，出油已足，尚未炸干，再放入洋葱、香菇、白菜帮、胡萝卜丝等，略翻炒。经得起炒，耐得住烫，就出味飘香。加水，大火烧开，倒入红鲟、章鱼、螺，加上虾、蛏、海蛎，煮沸。

起锅盖，拿薯粉面入锅，用筷子压潜入汤，将面摊分开，中火烧，焖煮十几二十分钟。薯粉面条条英雄汉，顶得住火攻、汤烫，经得起焖、煮，形神清，锅中游，不攀附，不黏糊。筷子夹起一条面，眼看，深色、晶亮、通透，入口，润滑、融化、似无物，已熟透。撒入芹菜、蒜，轻搅动，再小火若干分钟。沸腾，啪啪响，声音大，汤多；噗噗闷声，似无声，汤已融于面，看似有汤，舀起无汁，不声不响，实在实用。

锅盖一开，满锅香味一冲而出，从头灌到脚，一身馨爽。锅在跳动，满眼繁花，亦红亦黄的蚵膏，粉粉红红的胡萝卜，棕黄相接的螺尾，红白淡淡的洋葱瓣，棕褐成色的香菇，文文白白的菜帮，翠绿的芹菜，墨绿的蒜叶，如珍珠的海蛎，婀娜多姿的蛏，似弓如虹的虾，曲直沉浮皆可出彩的章鱼脚，在晶莹通透的薯粉面中耀动，像一幅漆画，富有质感，集聚磁

性，包含张力。对此，谁能无动于衷？为目嫌不足，更恨不得放开肚皮，一饱为快。

客人，总是温文尔雅。而遇番薯粉，哪怕是吃相好的客人，一碗，稀里哗啦，入喉。潜意识再碗，三下五除二，进肚，真想一锅倾心，可没了。留有遗憾，腹饱心难饱，欲罢不能。因而，准备的其他菜肴，基本成了摆设。合味，就好。咱们笑了。

家乡人，爱薯粉面，已爱到骨子里，也如薯粉面，与其为一。源于番薯，敢漂洋，能过海，旱可耐，风能抗，不惧贫瘠，着地就能生长。成于番薯粉，随物就形，遇水冷可溶解，逢火热能造型，或蒸或煮，是粉是面，总能润物，给人全是淀粉，生发正能量。晒干了，硬且韧，折而难断，松紧有度，见光闪亮，像模像样。焖熟了，至柔，圆润，无处不融形，纳百味能完身，一条是一条，从不黏黏糊糊，自在乾坤。

薯粉面，是乡愁，更是家乡人的“胎记”。其貌不扬，而每每想起，总是美美的。

2020 年 7 月

有薯成宴

俗话说，无酒不成宴。20 世纪七八十年代，家乡福清龙高半岛渔村，基本是无酒成宴，倒是无番薯粉不成宴。番薯粉，黏黏的、润润的，可连接人心，能聚拢起大场面。

家乡红白喜事，特别是婚嫁、生子添丁等好事喜事，都得举办宴席，家乡人称之为“办酒”。“办酒”是乡亲协作大联盟，是充饥补养的物质“大顿”，更是提振精气神的大餐。少时，最盼望家长带着去“吃酒”参宴。

好事喜事“办酒”，少则几桌，多则十几桌，甚至几十桌。在物资匮乏的年代，需要聚集各家各户资源，才能办得了酒席。锅碗瓢，得借；盘碟盆，得借；筷子汤匙勺，得借；桌子板凳，更得借。餐具要借，酒席菜肴主配料，有的还需借。东家养的猪长大了，先借西家办酒席，待西家的猪出栏了再还。番薯粉不够，邻里先凑，待来年生产了，再还谢。借、借、借，生面孔借成熟面孔，借出和善礼节，也借出人情世故。

借东西，得靠人缘情面。酒席主配料，喜主自己借。锅碗瓢盆等餐具，一般由族亲中的大人负责组织借。桌子板凳，一般由族亲中的大孩子领着一群妮仔来借。八仙桌，有的家庭有，有的家庭没有，即便有，也是摆满家什。借八仙桌，桌里桌外，得有事工。首先得在村里挨家挨户造访，先行礼仪，说好听的话，再报喜主姓名，办啥喜事好事。与喜主关系好的，立刻整理桌上的东西，说借就借。喜主人缘一般的，那就得动一番口舌，多说好话，也能借到。与喜主无缘的，就得好说歹说，勉强借到。也遇到过费尽口舌，有的物主一时答应，说等整理好东西再来搬，过会儿再来，却又反口不干了。借、不借，好借、难借，看人缘，见人品，从而感知人间百态。还真是，人好，遇好人，省事，省功，顺顺聚力，似有天助。

借好了东西，族亲的大人小孩齐动手，一起摆放桌子、板凳，摆好碗筷汤匙。摆八仙桌，有讲究，先从祖厝厅堂摆起。主桌摆在厅堂东北边，次桌在西北边，桌位尊次按先东后西、先北后南。桌向应是竖桌，即桌板木纹朝南北向，而不能东西向的横桌。一张桌，四条板凳，八副餐具。每一桌，都依此摆放。

临上席之前，大家一起来做第一道菜，即糍团（俗称糍）。主帮厨端出糍泥（俗称粽，由糯米和粳米按一定比例舂臼而成），喊一声，搓糍啰！似乎是劳动号角吹响，参宴的妇女儿童齐聚，跃跃净手、擦掌。有的将糍泥分装脸盆，有的拿起簸箕，有的整理摆放几张桌子，有的往簸箕撒一层番薯粉末，似有若无。大家围着桌子，大人或站或坐，小孩或蹲在椅或扒上桌，大手或分糍泥或搓糍，小手或撮糍泥或滚糍。有的双手掌搓，时而水平搓，时而倾斜着搓，时而竖起来搓，如观音佛手。有的单手掌在桌面上搓，时而绕大圈慢慢搓，时而玩小圈急急搓，时而在桌边横竖滚着搓。糍越搓越圆，物越练越精，人越干越乐。满桌是人的欢笑，手的舞动，糍的圆成，像去壳的荔枝。一粒一粒先滚入，沾上粉末，再摆位，左右横竖对齐，每一簸箕，都是糍团的精神矩阵，煞是好看。

可惜，等不了宾客多看一眼，就被亲戚贴上红纸条，“封”了，端走。这是咋回事？

这是闹洞房的前奏。在家乡，迎亲婚庆“办酒”，少不了“闹”，可以说，没有“闹”就没有了喜庆。能“闹”的，主要是表兄弟表姐妹。把糍团“封”了，开“价”要喜糖喜烟，喜主不给或少给，酒席第一道菜就得停摆。这时，厨师似乎显得着急，大呼小叫，催着喜主抓紧解决，同时，又会积极暗中“斡旋”调停，帮助讨价还价，当然，厨师一般都偏向客人，因而从中得到一份好处。谈成了，人人欢喜。

端出糍团准备下锅，就要请客入座。首先安排尊者长者入席。这时，又发现坐主桌“东一位”的本场酒席最尊者被“雪藏”了。这又急煞了喜主。桌椅板凳，本没有尊卑，进了厅堂，就有了贵贱，因人，也就显出了高低。厅堂主桌东边板凳靠北的位置，俗称“东一位”，西边板凳靠北的是“西一位”，东边靠南的是“东二位”，西边靠南的是“西二位”。俗话说，天上雷公，地上舅公。主桌都是安排新郎的祖母娘家客人，“东一位”一般是祖母娘家亲中辈分最长者。祖母的亲戚先依尊贵主次坐好，才安排母亲这边的娘亲。每一桌客人尊贵长幼，依“东一”“西一”“东二”“西二”次序入席，北边南边板凳一般是陪同就席坐的，不甚讲究尊卑序位。主桌“东一位”没入座，未动筷，酒宴无法开席。如此，又得“闹”欢了，喜主得花“大价钱”把尊者请出来，恭迎入座。这样，闹热而又富有仪式感，尊者体面，祖母母亲脸上有光，亲戚口袋装得满满当当，心里甜甜的。宴罢带回喜烟喜糖分享邻里，喜及远亲，乐莫大焉。

乡下办酒席，一般用大土坯在祖厝走廊或天井临时垒起大土灶。灶大，而人更大。只有大位坐定，大灶才开始大用。大风箱噼噗噼噗猛猛地抽，大柴火啪啦啪啦呼呼地烧，大锅水噗通噗通滚滚地跳，火旺，锅开，水沸，热气漫漫，白雾腾腾。厨师围着黑白框格的围裙，脖子挂着白毛巾，套着蓝色的袖套，端着簸箕，将糍团迅速倒入滚汤，俯身吹气，挥巾拨雾，极力望眼，糍团在沸沸腾腾水中沉浮翻滚，或上或下，或旋转或跳跃，一会儿熟了，全往锅面喷挤，似鸭群入水嬉戏，沉潜追逐一番后，齐刷刷地浮出水面。厨师捞起装盆，白白的糍团，裹着薯粉晶亮的薄纱，撒上星星黑芝麻，再舀一小瓢羹红糖放入盘中。糖在汤中融，在糍间化，在盆中幻，成了一幅动画，趣味十足。在闹欢欢的氛围中，新郎端着糍团，一桌一桌敬奉。鸣炮，十番锣鼓齐奏，主桌尊者起筷，开席啦！

家乡所谓“办酒”，基本没有酒，还是以

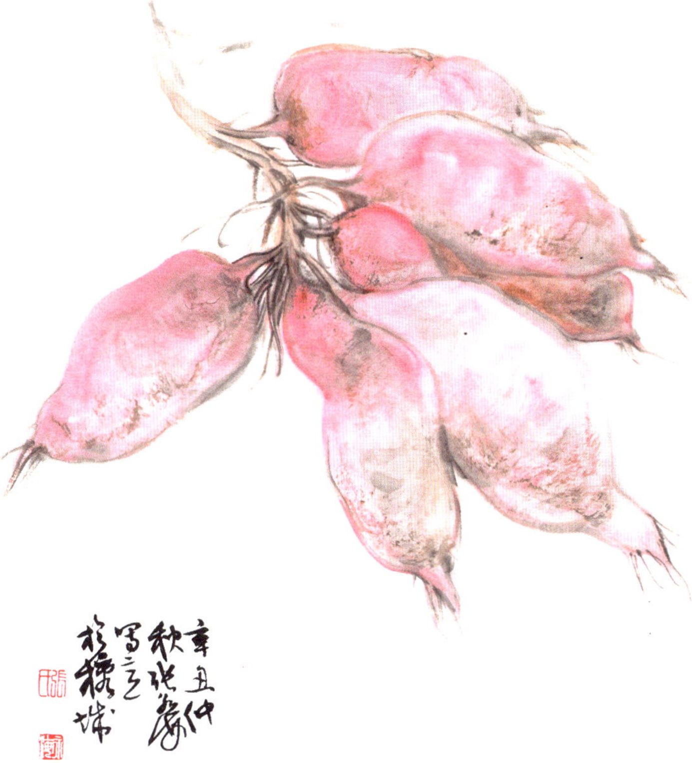

吃为主，每一盘菜基本是用大脸盆装，几乎都吃得光光。第一道，润润喉舌，接着都是上大盆菜，炒米粉、滑蛏粉（或海蛎粉，一般在冬、春季）、大鱼焊、大板肉、薯粉面。此时，酒席过半，十番锣鼓再起。喜主带着新郎新娘和家人，逐桌行礼，客人一桌一桌起立，以喜笑乐侃致贺，房妈嫂（即喜娘）跟随喝彩，欢声笑语阵阵，厅堂宾客起伏。

接着，酒席进入下半场，持续上菜，金针炖羊肉、大杂烩、炒墨鱼（或章鱼）、蟹羹、炒瘦肉片、酒仔（酒酿）、水果杨桃汤。特别是蟹羹，是最具“办酒味”的硬菜之一，让人回味久久。

蟹羹好吃，然制作得花众力。先挑选个大、质优、膏满的梭子蟹蒸熟，自然冷却。主厨招呼多位帮厨，有的量大还得召集邻里主妇，大家一起挖蟹膏，剔蟹肉。先起蟹壳，将蟹身掰成两半。用筷子等工具挖蟹壳里的膏、刮蟹黄。抓起半边的蟹脚，往盆边敲甩，时而重甩，时而轻敲，一番哐哐当当后，再拿起钩签细细挑剔，直至半边蟹成了空壳。好蟹，壳硬、饱满、花纹鲜艳，肉白、膏红、味鲜美，面子里子皆可人。或帮厨或围观的，看着丝丝白白蟹肉，粒粒红红蟹膏，块块花花蟹黄，无人不生津流口水，但谁都不能私用一口。

起灶，中火。大厨往锅里加猪油，放进姜丝、葱白、香菇丝等，略小炒，倒进蟹肉蟹膏，稍稍翻炒，捣捣摊摊，使之化丝成泥。加足冷水，一边细浇番薯粉溶液，一边搅拌。火不停，搅动不止，直至烧开。撒些葱花、胡椒粉，略搅动，即可出锅装盆。

番薯粉成羹，灰青透亮，不浓不淡，似糊似汤。其间，游着丝丝蟹肉，附着点点蟹膏，涂着沫沫蟹黄，飘着姜丝、葱白、葱花，五颜六色，最是可餐。蟹羹多彩，因而多味。一端上桌，八勺齐进，众口共吞，瓢盆交响，直至用瓢羹刮盆底，盆底净如洗，而意犹未尽，似乎又增添了饥饿感。

上水果汤之前，喜主会带着新郎新娘，站在祖厝大门前，准备恭送客人。宾客在用水果汤清爽口舌之际，鞭炮响起，送客退场。此时，十番锣鼓奏起，布袋木偶戏开场，你方退罢我登场。第一出戏，是“打八仙”，万方来庆，八仙到贺，祝福主客各显神通，似番薯漂洋过海，见土即活，朝天旺，入地丰，人富足。

一席宴，主位、次位，无非一饱。一场戏，主角、配角，不过一行头。只有平凡本分、不计一时一位，席里席外，都心满意足；台上台下，都入情入理，才是大宴、大戏。像番薯粉，与谁搭，放哪锅，盛哪盘，都能成菜，无酒，也成大席。

2020 年 8 月 1 日

薯面乡愁

“感恩之心，闽人诚且笃也。”

清朝道光年间，福州人何则贤在福州乌石山建“先薯祠”（后改为“先薯亭”），记载着番薯的前世今生，让后世睹物怀人，永念明朝万历年间长乐华侨陈振龙，从吕宋岛（今菲律宾）冒险引渡“朱薯”，福建巡抚金学曾推广栽植，济世抚人，人们感其恩称为“金薯”，因来自“番地”而又俗称“番薯”。

人常念人，人之情。人不忘物，天之义。人依物而生，无物难成人。

番薯，“六益八利，功同五谷”。吃五谷杂粮，懂天下人情。番薯滋养情深，因而感其德，记其功。

番薯，无处不可立身安处繁衍。方田，沙地，有土就好；贫瘠泥，干瘦土，入地能活；盐碱滩，酸涩坡，尝百味，接地气，生起烟火味。或有心，或无意，横埋、竖插、斜栽，或涝，或旱，生生不息。

风吹雨打照旧生，日曝霜压无挂碍。朝雾若隐若现，不嫌其微朦，昂首挺胸舒展叶蔓恭迎，拢聚成滴滴甘露润根脉。夏日炎炎，不畏其烈，日光再盛情，也不难却。藤枝软软卧地，叶子弱弱垂低，不与光正面对焦，而蒸发，而燃烧。日再大，光再强，身段柔柔，叶片弱弱。然而，藤顶尖紫红色的小小叶芽，始终勃勃向上，朝天而歌。即便秋冬叶落尽，藤枝赤条条，而叶芽还是尖尖的、挺挺的。

番薯叶，片片心形，纹纹成扇状，连着心。出世为红，落幕还是红。叶初成，鲜鲜的红；经岁月，由淡红而嫩绿、浅绿、翠绿、深绿、墨绿；历风霜，绿渐刷褪，逐成淡淡的绿、发黄的绿，绿而入黄，黄而渐现斑斑红点，红斑连片，终成棕红，如枫叶，卷卷的，抱着心，念着根。

番薯不是无情物，人善待它，它也善待人。小时候，父亲带着我们，从剪薯栽（剪薯藤成段）、压番薯（将薯藤段栽埋插种）、除番薯（除草、松土），到撇薯落、把（犁）薯上、拾藤，每一个劳动步骤、环节，都用力、用心、用情，特别是把薯上。父亲先掏尽猪栏、臭沟(农家堆垃圾处)成年累积的农家肥，一担一担地挑上山头，堆在田间。再到海里淘洗乌联(海瓜子)，踏着海浪，拨开齐腰的海水，凭脚底感觉判断滩涂里海瓜子的密度、多寡和大小，认为密而有货，就用耙挖铲滩涂，连续快铲，装进网袋(袋口为竹圈，夹扎着密网袋)，然后双手端握着竹圈，使劲地大幅度左右晃动，逐荡洗去滩泥，得些许海瓜子，倒入竹筐。顺着潮水移动，如此往复，挖铲，荡洗，淘得海瓜子，直至满筐满担。赤脚踩着滩涂，一脚深一脚浅，挑着海瓜子上岸，放田头。父亲先撇薯落，用锄头扒开薯垄，近根处，得小心用锄，恐伤及。再将农家肥和着海瓜子，细心地铺撒到接近番薯的根部，然后覆土，土埋过薯根部，不遮盖藤。尽可能深挖垄底土，多覆土，让垄高而饱满，外形如抛物线，好装大番薯。肥料充足，薯垄两旁当天同时撇薯落、把薯上。肥料不足，只在薯垄一旁撇薯落、把薯上，或者待肥料积足后，再在另一旁进行。薯垄两旁都把薯上，自然薯藤茂盛，番薯个大量多。父亲再忙再累，把薯上总是顾两旁、施足肥，均衡照料，从不搞单边。万物有灵，天道酬勤，付出多，收获自然多。我们家的番薯，就长得旺，长得大。父亲说，人若骗番薯，番薯也会骗人。人不欺物，物也不欺人。人物相系、相惜、相亲、相顾，自然相长。

薯藤，一节一节地长，节点常常长出付根

须，形色像豆芽，争着往地里钻，步步为营，不断拓展生长空间，伸长再伸长。付根须入地时间久了，由细而粗，有的也成根薯。若节节有薯，藤藤长薯，那整株将无大薯。因此，在番薯藤蔓长得最旺时，父亲就带我们去拾藤，就是顺着藤，慢慢地、轻轻地把藤提起，拔起付根须，让其离地，把条条长长的薯藤，拾回到主根薯稿头周边放着，让藤围着绕着主根生长。父亲说，藤再长，攀爬得再远，而根是本，只有绕着根、靠着根长，番薯才能长得大、长得好。根藤断，倚恃付须自立独长，藤可长出头，而藤多头、叶蔓分心，薯难大。不忘根脉，记得根源，从而得硕果。

番薯，常常围着主根茎生，一般是“子母勾连”围着薯稿头成“窝”。大薯紧挨着、贴

着主根，小薯在外圈，离越远，长得就越小。远离根而又显露出土的，个不大，露头部分皮变色或蓝或绿，形异样，且质地不好，有的甚至变成“臭地瓜”。

番薯主根薯稿头，长得深而不显，使劲地吸取大地水分、营养，为藤长，为叶茂，为薯丰。即便叶黄、藤干枯，仍紧紧连着大薯，牵着小薯，不离不弃。人们翻开泥土，摘走了番薯，薯稿头形单影孤，还心甘情愿晾干晒枯，以身当柴，燃烧自己，煮熟番薯，让世人享受温饱。

一方资源禀赋，滋养一方人。享用番薯片，品尝其中味，血脉融着番薯粉，满身都是番薯味。久吃番薯，成了番薯，番薯是你，番薯是我，你我如番薯，心系番薯渊源。立番薯地，跨千山万水，穿古今千载，一路上充满了回忆，超越时空，地瓜腔还是重重的、亲亲的。因为根在这片土地，心依着根，对根满怀情意。根深深，情浓浓，路长长。

值此国庆、中秋佳节来临之际，作一篇小文，祝福伟大的祖国繁荣昌盛，祝福朋友们牢记使命，不忘根本，向上，再向上！

2020 年 9 月于北京

故土生薯

冬季的一天早上，父亲像往常一样，上山劳作一番，再回家用早餐。母亲刚刚盛好，放在灶台上热气腾腾的饭菜，即一大碗清煮番薯和一小碗小鱼配菜。父亲将小碗放在左手手掌底，小指和无名指并拢，朝大鱼际用力勾住小碗。大碗底叠在小碗之上，约覆盖小碗面一半，以拇指、食指、中指如佛手状托端着。右手拿起一双竹筷，走出房子，坐在大厝前石板上就餐。

随之，生产队各家户主，以及不少老的、少的，还有个别女社员，也陆陆续续端饭出来，或坐或蹲或站着用餐。作为老生产队长的父亲，边吃边布置工作。近日，估计天气会好，可以安排推番薯（刨番薯片）了。今天，先割番薯藤，明天开始犁番薯、推番薯。吃饭，看鼎看灶，一日三餐。做事，看天看地，有时有序。这就是生产动员令。

大家边吃边谈工作，有分工组合，有预估工分，有评议生产分配，有论地之肥瘦，生产事务群策群议。期间，大家谈天说地，学时事，议家事，辨是非，聊心事，传趣闻，逗佳话。这种没有招呼的房前埕边的聚餐会、工作会、闲聊会，少则一二十人，多则几十人，农忙时早晚两次，农闲时早中晚三次，成了20世纪70年代家乡的一道风景。世事家事，街谈巷议，传说故事，段子戏说，笑谈逗唱，似乎把贫穷苦涩的旧日历激活，起波澜，一页一页顺畅翻过，可谓“没菜也吃滑滑吞”。穷日子，不穷过；没生活，懂得活。

犁番薯、推番薯，是抢收大事，往往全体总动员，男女老少齐上阵。

牧童们牵着耕牛，得早早上山，以番薯藤喂饱牛。

接着，是犁番薯的男一号——犁手。犁手，既是壮劳力，又是善耕者，还是善驭者。像父亲，经常驾驭其他人不愿意面对的一头猛烈任性的缺鼻黑公牛，让它俯首耕作。犁手将犁铲对着番薯垄中心线，犁键（栓）插到犁箭的最高空位，这样犁得深，不伤番薯。再将牛牵到番薯垄与垄之间底沟，架上犁架（曲轭），有的还戴上牛嘴笼。犁手站在与牛同一个番薯垄底沟，左手横臂侧抓着犁把，往后身用力回拉，让犁往体侧倾斜，右手抓着牛绳和竹鞭子，半握拳使劲按住犁箭，与左手相向用力往外推，眼朝犁辕鼻和垄中心线，身朝着犁，侧俯，抬头，上吊着眼，弓步，左右脚交叉行走，一步一步迈进。不时用鞭赶着牛，“哈、哈、哈”，不停地吆喝着。牛亦非老黄牛默默无闻，一头鸣叫，往往引发群牛共鸣，吽——吽——吽——嗡。犁到田尾，迅速拉牛绳，牵引牛调头，到番薯垄的另一侧垄底沟，顺势提犁把销，犁离地，在空中调转180度，放犁，犁铲入垄中心线另一侧，再往回犁。如此一来一回，将番薯尽数犁翻出土。

一垄一垄地犁，一个个番薯露真容，让世人见证，根藤旺，番薯可真好。一丘一丘地犁，满山尽是番薯脸，让耕者晓得，有辛劳，天不负。

犁了番薯，一伙、一伙上阵。妇女、小孩三五成群自由组合，或俯或蹲，或抱或提，或抛或放，让番薯入竹篆。说说笑笑，装一篆一筐，来来往往，扫荡一垄一垄，尽数捡净番薯。男劳力一担一担、一篆一篆，或挑或抬，堆集到相对大的番薯园。捡了番薯，接着要耙番薯。俗话说，活犁、死耙。用耙，轻松，且技术性不强。或男或女，自由架着牛，扶着铁耙横杆，有时还脚离地，踩在耙中间，一垄耙一回，把番薯垄耙平，用于晾晒番薯钱（片），还会耙出没有犁翻出来的小番薯。犁不着，耙也着，哪怕是小小根薯，也漏不掉，不弃物。

推（刨）番薯，妇女是主角。男劳力将约1米长的番薯刨捆绑在长板凳上，伸出刨刀头尺许。推番薯妇女骑坐在长板凳上，刨刀头下放着大竹箂，一般都在番薯堆旁就地安营扎寨。推番薯往往开展劳动竞赛，一般是母亲与小孩的家庭组合，以推出番薯片箂数计工分。小孩捡起番薯，摘掉番薯稿，递给母亲。母亲左手接过番薯，一扫眼，一伸掌，将番薯相对扁平处放在刨刀板上近身位置。右手按握着番薯，稳稳往刨刀刃上推，让整个番薯过刀刃，随之迅疾回收。大的番薯费力，有的用双手叠着推，速度略缓。小的番薯单手推，手臂推推收收，推收幅度小，频率快，几乎让视线模糊。一般推慢收快，一推一收，伴之呼嚓呼嚓的律动，番薯由大变小，手掌逐渐展开，最后用手掌底将所剩无几的番薯，缓缓地送进刨刀，番薯化整为零，成了番薯片。首推稳稳，中途加速，收尾缓缓，成事何不如此！番薯不规则，使其在刀刃上滑行，成为厚薄均匀的番薯片，亦非易事。非眼疾、心细、手利，顺势而为，也会有意外事故，有的指破血流。幸好，我的母亲少有，而且还赚高工分。

男劳力抬走一大箂一大箂番薯片，或用双手抓捧，或用畚箕盛，由低往高抛撒，似天女散花，撒向满坡满园、满山满野。妇女、小孩跟着，或蹲或俯，或戏或笑，拨摆重叠的番薯

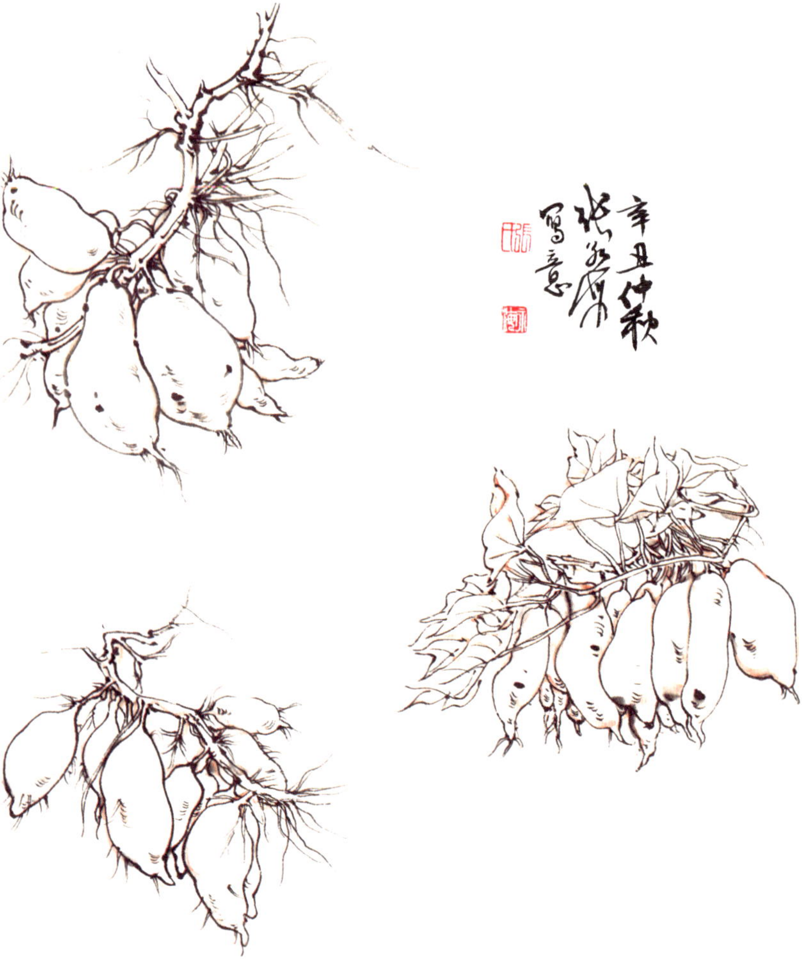
辛丑仲秋
張永德寫意

片，使其均匀晾晒。整片山头，白白闪闪，好像穿上了鱼鳞服，格外别致。数天后，番薯片晒干了。生产队全员上山，一起动手，拾番薯片，将这别具一格的鱼鳞服全套收拾入库。

番薯顺时生发，人因此忙闲。人依物，物依人，踏道之音律，静而与阴同德，动而与阳同波，舞动天地，“估计天气会好”。

万物静观皆自得，四时佳兴与人同，快活也。

2020 年 10 月 25 日

番薯本真

橘生于淮南为橘，生于淮北为枳。番薯却不同，长于此是番薯，长于彼还是番薯，漂洋过海仍不改其性，如金子，无论埋在哪座山，都是金子，不易金的纯真。

番薯，来自番地，广植于华夏，不畏炎热，喜阳耐旱，宜酸宜碱，逢土遇水生根长叶。春插六寸藤，夏来枝叶旺，秋临块根壮，冬收薯满埕。一生只立寸尺地，生期大半年，除了仅有除草、拾藤、犁薯上，人们似乎不用管它、顾它，自抗病虫，自抵风雨，自调气象，地旱可生，日曝造长，顺乎天，应乎人，依本性，活出本真、本味。静静地吸收水分营养，憨憨地承接阳光寒霜，渐渐地顺势生叶长茎，默默地壮根成薯，呆呆地躲在地窖旮旯，甘甘地献出嫩肉滑粉，任人享用。番薯藤蔓满地绿，极少花，不显摆，就地伸展，几无招摇，极少雀跃，不攀附，不纠缠，不比高与低，不与乱藤杂草混混，只图自在地生，自由地长，自然地活，卧地枕土，为我番薯。谁与之亲亲，都受用满满。因此，人不弃，随缘欢喜。

睹物思人，人胜物。物上人心，物如人。

父亲，生于番地，少小回国，寄人篱下，

靠给富人做长工，成人、成家。新中国成立，沐浴党恩，分得一间房，才有立锥之地、安家之处。凭苦力、劳筋骨，立家、养家。凭硬直脊梁，肯做吃力活，做事赶头前，在20世纪六七十年代，当了十几年生产队长，带领几十户社员，鼓足干劲，力争上游，走在前列。

从记事起，父亲满脑子全想着干活，似乎有使不完的劲，开荒、种地，生产、劳动。不苟言笑，很少与我们搭话，更不可能逗你乐，与你玩，几无嬉戏。每天总是起早贪黑，上山、下海，难得一见。对我们兄弟姐妹，似乎不闻不问，父严杠杠的。然而，始终记得，父亲难得一两次到人民公社参加干群大会，都会从口里挤出个把馒头或苹果，带回，让家人享用，兄弟姐妹轮着吃，一人一口。直至今日，一想起，就满口留香，舌尖的记忆，历久弥新，一见到苹果、馒头，就无比亲切，满口生津。尽管如今物质丰富，面包、蛋糕等面点香甜可口，而馒头却成痴爱，再多再好的糕点，非馒头莫取。此情结，地老天荒。父亲平常没有亲亲密密，而刻下的印记是深深的，留下的味道是独独的。还一直记得，生产队组织犁薯上，要抢赶时间，劳动强度大，偶尔会给参加劳动的分光饼，当点心，大人干重活分两块，小孩做辅工分一块。父亲吃了一块，常会把另一块分一大半给我。半块光饼，永生受用。

十来岁后，父亲常拉着我，随潮起潮落讨小海。白天生产队常有活，多在夜间去海。天黑路窄，父亲总走在前，探路、除障、驱虫蛇，偶尔也会被草藤所绊，踩踢到乱石。有次夜行，父亲在前，踢到石头，脚趾破，血直流。父亲没有对石头怨恨、发火，而是自言自语地说：“石头啊石头，待你该待的地方，别挡了夜行讨吃仔。”随之，俯下身，抱起石，挪到路旁沟，以免他人再遭遇。父亲常叮咛，夜间出海单独作业，一看星辰，再看山脉，遇雾浓天黑看不见了，就细察脚下滩涂纹路和水的流向，逆流而上，就不会迷途，能安全上岸。依父言，实实的、妥妥的，顺顺到岸、回家。

父亲是有名的“番仔直”，本真对人、对事，心怎么想，口就怎么说，人就怎么做。一是一，二是二，特别是不唯上，不唯众，不人云亦云，敢与人摊问题、论道理，为一事、一人，执到底，不回旋。因此，被称为村里一“拗”。路见不公正、不公平，敢与人论高低、辩曲直、分是非。父亲始终以良心这杆秤掂量事、衡量人，不到斤两，该说就说，说完拉倒，从不与人结怨、结仇。偶有争执，全为事，不对人，从无仇人，和合乡里乡亲。

父亲带领一个生产队，没有过多言语，没有“高大上”的说教，很少看到开会。队里繁杂生产事务，基本在厝前厝后用餐间、田间地头劳动中布置。组织生产活动，父亲全靠自己真诚来引领，凭忠义来团结，以真、正来换真情、真义。父亲一字不识，连自己姓名三个字都不会写，大老粗，不会打算盘，睁眼瞎，而心透亮。他放心将私人印章交给生产队会计、出纳，全由其戳盖。评工分，由会计和小组长说了算，开支、分配依出纳盖章为准。大队检查账务，从未发现有不公、不正问题，更没有发现贪污、挪用财物一丝、一毫。也因此，父亲与老出纳玉莲叔、老保管基朝妹叔和会计银春哥成了终生朋友。劳动磨出来的友谊，才是真情真意。

凭父亲为人，村渔业队常雇我们“拔网仔”（小拉网），以目测捕获数量计报酬，以鱼当佣金。父亲只管拼全力拖网捕鱼，从不计较给多给少。父亲还常吩咐，给多少就多少，不与人比，不争执，不嫌少，多出力，总会有回报。长此以往，渔业队长万武叔，与父亲成了挚友。村民邻里购网捕鱼，会拉父亲合伙，没资金，他们会垫、会借，父亲没空下海，会许可我们家小孩代替。对人真，得到也真。大道无亲，常与善人。

从番地到华夏，番薯还是番薯，该怎么长就怎么长，本质、本性不变，不争艳，不争俏，凭本真，不显山，不露水，长块根，功在大地。

父亲日出而作，日落而息。入夜，倒头便呼呼睡，寝不梦，息深深，觉无忧。白天，忙忙碌碌，似陀螺，不停转。天未亮，就出门巡山，望朝日，踏坎坷，走大道，为公事，融于山水。从没有听到父亲说一声苦，道一句累。父亲一生无所求，不管钱财，常打赤脚，不论穿戴，得病不吃药，城市不想进，烟酒不沾，食不求甘，锅有什么就吃什么，偏爱吃番薯粥、滑粉和光饼，就如此简单。父亲有口头禅，自做自讨没苦恼，肯做都没殆，不惊浪都有船使，顺路都会到厝，没饿有饱就是仙。凭此，织而衣，耕而食，自由、自在、自然，快活一生。

世人看番薯，或圆鼓或槌棒，或如球或似纺锤，或光滑或凹凸，或白或红，横看成岭侧成峰。谁是谁，当自知，靠自力。番薯就是番薯，永远是番薯，不因人言而生枯，不随市论易神形。土土的、粗粗的，寓意而不留意，依天地，顺四时，法自然，穷善达济，生生不息。

2020 年 11 月于北京

俗话番薯

禅师说，“看山是山，看山不是山，看山还是山”，这是认识事物的三重境界。看山还是山，人已融于山水，主客同一，天人合一，是为最高境界。闽人，沿海的闽人，特别是“福清哥”，与番薯，已到了“看番薯还是番薯”的审美境界。此话怎讲，就从福清俗语说起。

俗语，是人民群众生产生活实践中创造

的，反映人民群众生活经验和愿望，贴近生活、形象精炼的通俗语言。俗语，化无形成有形，以普通、平凡的事物寓理言心，由声入心，融通血脉。俗话，谁都听得懂，明得理。“福清哥”常说番薯俗话，番薯成了心语、情物，烙成了文化符号。

俗话言的是俗，用俗物来说家常话、平常事、通常理和非常道。说的是俗，听的是俗，入耳常常，如柴米油盐，入心不凡，余音绕梁。听得了俗，悟得了俗，就不俗，俗径可通幽，观万象，察千姿，和百味，令人回味。像衣食住行，凡事俗事，“福清哥”都可以用番薯来言说。实事用番薯实说，其义就非番薯了。“披着蓑衣啃番薯”，说的是缺衣少食，没得穿没得吃。“无牙佬吃番薯叶，吞下半截还要拉出来”“吃酒下番薯，肚里发酵”，说的是吃得了，要吞得下，还要消化得了。“吃番薯蘸蒜汁”“吃了山药换番薯”“糯米换番薯”“火塘边烤番薯”“番薯烤成灰”“小米煮番薯，稀里糊涂”“喝了番薯烧酒”，说的是行为不得法、不周全。“三年拾番薯粉，一顿苂”，说的是日积月累，一失血本无归。“煮番薯尽柴烧”“番薯甘臭甘烂”，说的是浪费不节俭。“一片番薯钱夹着会跑三里路”，说的是吝啬、抠门。“番薯渣一腹肚”“番薯粉涂脸”“臭番薯摆篾前”，说的是没本事，假假的，又占头前。“番薯干充天麻”“吃多了番薯，糊了心”“二郎庙的番薯”“番薯断了根”“番薯照镜子”“臭番薯黖过间”，说的是人品缺失、操守失范。“小狗叼个热番薯，又喜又怕”“人在衰喔，种番薯变苦瓜”“番薯钱直直推（刨）”“霜降后的番薯叶”“心急吃不了热番薯”“番薯根都拔不动”“番薯蒂拾没起”，评议的是精神状态、性格、能力。凡此种种，虚的，实说、俗说，化无形成有形，形象生动、如箭穿心，行云流水、直戳人心。

俗话，特能体现地方特质、个性和禀赋。“福清哥”爱说，“输人不输阵，输阵番薯脸”。人，是个人、形体、物质；阵，是全局、架势、精神。人一时可以输、可以挫，允许失，可低头。然而，脊梁不能曲，骨气不能软，灵魂不能丢，在全局、场面、气势、精神上不能败，不应畏缩，应该挺得起，立得住，拗得过。否则，就像番薯脸，凹凸不平、坑坑洼洼，不好看，无脸面。“强人自有强人敌，番薯怕霜霜怕日”，告诉人们，山外有山，天外有天，强中自有强中手，万物相生相克，没有绝对的“老大”，没有“铁帽子王”。人须内敛，低调做人，“吃番薯要看势面”，不敢“烂掉的番薯满街送”，不掂量掂量斤两，自以为是。

春夏秋冬，人不同服。东南西北，人不同俗。俗话说，入乡随俗。尊重特殊，把握特殊，就会拿到金钥匙、通行证，开启世道、行天下。随俗、尊俗、守俗，才能接得了地气，拿得到路条，行得通路，立得了根，如番薯，到哪里都能生存。入乡随俗，并非俗。随俗，融于俗，才能看出俗中之道，而得大道。俗话说，“种西瓜，土着肥；种地瓜，手着勤”“番薯番薯，翻翻除除”“早插番薯母，晚插番薯枣”“小满节，栽番薯没使压”“白露霜降，番薯土底钻”“花生没犁三遍透，番薯没犁会干臭”，这些番薯的生长生产规律，也告诉世人知时节勤劳之道。顺俗道，悟出道，就不俗套。如番薯丸、番薯粿、番薯面、番薯片，各有生成道。是煮还是蒸，熟了何时吃，是热吃还是冷吃，特别是同谁吃，其中有道道，得讲究，否则，与俗物混搭、搭混，就成了三不像，损能量，也就不成了样。像“吃番薯站粪坑边”，不是滋味；“吃番薯配臭花生”，吞也不是，吐也不是。

酒肉穿肠过，营养心中留。人在俗中大，悟得俗中道，从而俗成而约定，至礼至雅。做人做事，既不能像“野猪刨番薯，全凭一张嘴”，也不能“打架拿块烧番薯”不是家伙；既不能“大炮开进番薯地”出昏招，也不能“番薯窖里打拳”施不开手脚；既不要想“一口吞下热番薯”，也不要怕“吃番薯片塞喉咙”。人在世间，懂俗，能益智，依俗行事，无大碍，能成事。谋事，应该像“烤番薯辗转反侧”，深思熟虑；化事，“老太太吃番薯”挑软的拿，先易后难不硬干；察事，应该是“灶里煨番薯，不到熟透不外掏”，看清火候；处事，必须是“手拿烧番薯，又吹又拍”，谨慎开口；难事，“时到时担当，无米再来煮番薯汤”，逢山开路，车到山前必有路。

番薯，不娇贵，没有羞答答，不像山珍，躲进深山老林，而厚植于天南地北，登得了厅堂，下得了厨房，圣贤凡俗皆可用，从而声名广播。伟大源于平凡。俗话，似民间高人，在民间练就，而无敌于民间，通俗而不俗，成了民间打卡点、民众精神食粮。犹如“福清哥”“吃番薯配生花生”，可口，有味，独特味。

值此新年来临之际，祝福朋友们融进俗，脱俗、移俗，尊公序良俗，化风成俗，像太阳从地面蓬勃而起，霞光耀道。

2020 年 12 月

第二辑

雪泥鸿爪

母亲的早晨

从知事的那天起，就记得母亲常说的一句话：“起三早当一日。”

家里兄弟姐妹多、负担重，母亲常起三更过半夜，帮助他人织、补渔网赚得工钱以补贴家用，在微弱的煤油灯下穿梭引线，有时连续几天织补，累得睁不开眼，上下眼皮打架，硬拿着梭子，一梭又一梭，一目再一目。母亲披星戴月夜里打网，网住了我们幼小的心。在村间房前屋后小巷拾猪狗粪便，赶在村里乡亲起床出门之前；在海边防护林下耙树叶，抢着第一入山林以收得一夜之落叶；讨小海，紧跟潮水潮涨潮落“抓头货”；读书起大早，静谧记性好背得住，早起干活、读书已成了我们兄弟姐妹的习惯。但无论起得多早，也赶不过母亲来得早。每当我们醒来的时候，总能听到母亲干活的动静，闻到母亲煮饭的味道，听到母亲烧柴火拉风箱发出嘻呼嘻呼的声音。母亲拉风箱一般节奏比较舒缓，嘻——呼，嘻——呼，均匀有韵律，似乎在提醒我们起床，声声入耳。而一旦我们偷懒赖床，母亲就会使劲地拉着风箱，风箱的声音也变得急促起来，嘻——呼！嘻——呼！嘻——呼！嘻——呼！无言中催促我们赶快起床！这时候，我们就会意知趣了，赶紧起床穿衣出发，干该干的活，读应读的书。母亲急促地拉风箱的声音似乎成了我们的劳作号角，每当偷懒，大脑就会无意识地响起，听到母亲的无言之教：干活要赶在别人前面，最好是起个大早。

母亲常说："没银没钱，要顾门前；家里清洁，人有精神。"母亲始终保持早上做清洁卫生的习惯，早晨总是忙个不停。先是整理摆放农具、渔具，码得整整齐齐。再打扫房前屋后、楼上楼下，清理得干干净净。最后擦门窗、擦桌椅、洗灶台，每天都是如此。长此以往，我们家的家具都磨没了棱角，露出了纹路底色，显出本真的亮堂。母亲总是用她的言行告诉我们，家虽穷，人自清，就不被看轻。我是老幺，穿的都是老大、老二穿过不能再穿的又旧又破的衣服，母亲总是用一双巧手，花心血改良重组。实在褪色旧得难看就里换成面，有的两件整成一件，破了就补，补丁与补丁之间大小相宜、颜色协调，补缝针针精制、工工整整，别人家以为是缝纫机车出来"新"衣服。每天上学穿着母亲改造的"新"衣，总能博得老师同学的亲近和喝彩，自信满满，精神爽爽，便更加奋进求学了。母亲一生精气神十足，从不想在别人印象中留下缺憾。母亲九十高龄病重，在仙逝三天前，即便手都无力举高，每天早晨都坚持自个儿梳发、扎髻、洗漱，自己穿戴得清清楚楚。母亲用一生清新之线，缝我身上衣，让我穿着去远行，而母亲临终前我却不能守在其身旁，何言能报三春晖？！一生之痛啊！

母亲爱早起，尤爱及儿孙。我们节假日回老家，母亲更是起得早，或到讨小海的乡亲家里，或去村中的小街，或等在自家门口，买鱼、买肉、买新鲜蔬果，看上满意的，说：“我儿子我媳妇我孙子爱吃的都要。”乐得连零钱都不用找了。家里生活改善了，装了液化气炉灶，但母亲还是坚持烧柴灶，说烧柴能省些钱，而且烧的饭好吃，柴火的余灰还能保持饭菜热度，你们迟一些起来迟用餐也不碍事。母亲早上总是给家里人煮了一大锅的饭菜，锅底层一般是粥，上面架着两层竹篦架，大碗小碟叠得满满的，这个鱼、螺给儿子吃，这个蟹、虾给媳妇吃，那个肉末拌蛋、鸡腿给孙子吃，那个三层肉豆豉给老头吃，唯独没有母亲自己的份。每当儿孙们回家，母亲脸上总挂着朝霞般的笑容，带着暖暖和和的韵律，拉着风箱，嘻——呼，嘻——呼，永不停息地给家人注入爱的气息。

大年初一凌晨，母亲总争着在全村放第一串迎新祈福的鞭炮，以寄托一家新的希望。母亲每一天、每一年总是早起劳作。梦里想着母亲起早贪黑地劳碌，我常常在母亲拉的风箱声中早早醒来，走到厨房想再看母亲一眼，但不见母亲之身躯。我只好伫立在餐厅母亲的像前，对接母亲自尊、勤劳、清新、慈爱的食粮血脉，带着思念、和着热泪，继续开启新的一天。

2017 年 3 月 29 日于南京紫金山

跟着父亲讨海

我的家乡在福清一个渔村，面对兴化湾，三面环海，祖辈以讨海为生。我从记事起，就看着瘦小黝黑的父亲海里来海里去，除了睡觉、吃饭，很少停下来，更不用说陪我们小孩。父亲为了一家九口人的生计，潮涨潮落忙个不停，常年披星踏浪以海为生，每天至少出一次海，按福清的俗话说是“三十流水足”。

父亲主要以讨小海为业，所干的活计有拔网仔、推拖仔、下百联、挖章鱼、洗白蛤、脱海蛎等等。我跟父亲出海最多的就是拔网仔。拔网仔，是用一张宽约 70 厘米、长约 500 厘米的网，网的上边固定一些小浮标，下边固定几个小铅块，上下边用五六根直径约 0.5 厘米、长约 40 厘米的竹子均等地支撑着，两头各用一条约 400 厘米的塑料绳子系着。

拔网仔要两个人在两头牵着绳子扒拉着前进。拔网仔一般在退潮涨潮的潮头约 50 厘米水深的地方，或在海中的沟渠作业，捕捞一些小鱼小虾。拔网仔是个苦力活，当要捕小虾小鱼时，网的目就小，拔的时候又重又沉；当要捕略大一点的鱼（如鲫鱼仔）时，鱼游得快，就得与鱼赛跑，两个人要齐头并进。因为需要两个人，父亲常叫我配合。

父亲为人话不多，但说一不二。我有时想偷懒，父亲会很严厉地发脾气。经过几次教育，后面我就不敢偷懒了，无论刮风下雨白天黑夜只能跟着父亲走，模仿着父亲的动作，按照父亲的方式做事，保持与父亲动作相协调，像拔网仔一样不能一头强一头弱。无论是夏秋的风暴，还是春冬的寒冻，父亲都能找到讨海的方式，而且从不说苦与累，始终有使不完的劲。

父亲能熟练掌握讨海的各种行当，一次出海一般都带好几种工具，可谓“全副武装”，如小锄头、鳝钩、渔柙、网仔等。潮涨潮落都有活干，还时常潮涨潮落连着干。潮涨推拖仔，潮落挖章鱼、捡螺贝、抓螃蟹、钩鳝鱼，反正样样都精，即使在小潮水时，也会有收获，按俗话说是“摔倒也要抓一把沙”。

父亲眼睛特别“毒”，像高性能的雷达一样能发现一切。蛸、草鞋鱼、梭子鱼，隐藏在滩涂里，也躲不过父亲的眼睛。挖章鱼，更能说明父亲功夫了得。章鱼霸占蛸挖的洞，退潮时一般都躲在较深的洞底，洞口只有水的颜色与其他洼地略有差异，父亲照样能识别。挖章鱼是个辛苦活。抓一只章鱼，容易的要挖开直径约 40 厘米、深约 60 厘米的坑，难的要挖直径约 100 厘米、深 100 多厘米的大坑。一个潮水下来，父亲多的时候会挖三五斤章鱼，一个坑接着一个坑地挖，从没见父亲说过累。

父亲与人交往不多，但为人厚道重情义。父亲生活简单，只管干活。每次卖鱼虾蟹螺，从不跟鱼贩子讨价，人家出多少价就多少价卖。得到的钱款都交给母亲，自己分文不留。母亲是理家的好手，省吃俭用，将父亲讨海所得一分一厘地累积，积到十来元了，就托走莆田涵江的船买一根木梁，一根一根地买，一砖一瓦一木，日积月累，1979 年终于盖了一间房子。这是父母的心血，劳动的丰碑！

父亲教育孩子的方式简单。没有过多的语言，过多的道理，就是教你讨海，你就风雨无阻地跟着讨海，跟着把活干好，把人做好，能担起担子。父亲为人公道、正直。新中国成立后，父亲就被群众推荐为生产队长，负责组织、管理 30 多户群众的生产、生活，一直当到 20 世纪 70 年代。父亲无论对自己还是对家人，都要求极严，决不允许侵占公家的一草一木。

记得有一次讨海回来，父亲顺便到山上看生产队田里的花生长势，我也跟着去。当我看到田边被雨水冲刷裸露出的几颗花生，正准备伸出手时，父亲大声喊："你想干什么！"并狠狠瞪了我一眼，我赶紧缩回手。父亲走过来，弯下腰，拿着小锄头，挖着田边的泥土把几颗花生填埋好，把花生藤轻轻地扶正。尽管父亲不忍心看着孩子讨海回来饥肠辘辘，但他爱公家的庄稼，也要让孩子行为端正。

父亲就是这样一个人，不仅不占别人的丝毫便宜，还时常接济困难的群众。邻居老叔公、老婶妈夫妇是"五保户"，父亲经常叫我们兄弟姐妹帮他们做事，也时常把讨海所获的鱼送一些给老人家。

跟着父亲讨海，学着父亲做人，让我受益无穷。

2019 年 6 月 16 日

鼠猪图

十二生肖，鼠居首，猪排末，猪形大，鼠个小，猪鼠孰好，孰强，或可比肩？小时候，家里养猪，有时夜深人静突发猪叫，待天明察看，猪耳留伤痕。问大人，说鼠咬。有些成猪耳郭缺损，有的甚至成锯齿形，是幼时被鼠食所致。鼠之小，怎么咬偌大的猪？

猪，耷拉着眼，一躺就睡，一起就食，爱

静，不喜动，即便移步，也款款缓缓，一步一摇，漫不经心，优哉游哉，憨态可掬，得以肚肥丰满，因此常说，好文，中如猪肚，傻猪有福。鼠，睁眼竖耳，目短聚光善夜行，耳如豆瓣灵听八方，牙尖如匕嗜啃食，弓腰飞爪深挖洞，身轻如燕可上梁，步短行速，来去无踪，随处遁形，似侠客。一生机警，一鼠当先，极具精神。在农村，有时能看到鼠在猪身上嬉戏，欢跃，瞬儿占猪头，瞬儿亲猪鼻，瞬儿扯猪耳，瞬儿攀猪腹，瞬儿匍匐猪背，瞬儿揉猪毛，瞬儿撩猪尾，弄得猪又是叫，又是跳，又是蹦跑。猪在地上跑，鼠在猪上舞，人在旁欢笑。

猪与鼠，形异，性殊，但无论是猪八戒，还是米老鼠，皆有趣谈，八戒招赘，老鼠成亲，都能一窝一窝产仔，多子多福，生生不息。真是大有大的样子，小有小的造化，不以大小论英雄，古曰，鼠咬天开。山高能参天，水细可润地。大小虽殊，物任其性，事称其能，各当其分，大也逍遥，小也悠游。千江有水千江月，心善物善，视常如常，超然物外。今值己亥庚子年交接之际，贞尧仔作《鼠猪图》以贺岁，恭祝朋友们在新的一年，老鼠嫁女，前后相随，大小相宜，爱山得山，好水得水，仁山智水尽逍遥！

2020 年 1 月 24 日

慈母手中线

母亲手中线，如涌涌血脉，滋润身心。

家乡习俗，外孙、外孙女满月，外婆要送“头尾礼”，也称“送满月”，就是给婴童送帽子、肚兜、手镯、袜子、鞋子等衣饰。我有四个姐妹，共生了十几个外甥、外甥女，所送的“头尾礼”，基本上由我母亲亲手制作。尤其是婴童帽特需心力。母亲制作的婴童帽，一般有三种：瓜皮帽，黑色布底红色点缀，送给外孙；兔子帽，花色碎布拼接或毛线编织，帽顶有兔耳朵，送外孙女；网纱帽，薄纱布做帽体，帽顶织成网状，利于透风，用于夏天，传说还会辟邪。

小时候，常在夜里看母亲做针线活。母亲先净手，再点上煤油灯，随后端出装着针、线、剪刀、布、尺子等工具的竹箩，放在茶几，人端坐板凳上，开始密密缝。灯火苗一闪一闪，墙上母亲影像外环随着一亮一亮。母亲常说，人要衣装，得有方有圆、有模有样。母亲言至心到。我们兄弟姐妹整洁穿戴，都是母亲一针一线、一心一意缝制。给后辈装饰，母亲更是花心血。瓜皮帽主要由表布、里布（帽套）和帽边组成。母亲先用纸剪出莲花瓣模型，再按模型剪表布，五片或七片。以花瓣尖作帽顶排列，两片相邻的布面相贴，手捏着布里缝，在边缘约 2 毫米处先以疏针逐片固定，再用锁边针依序缝制，均匀走针，不紧不松拉线，疏密有间，片片花瓣形态不变，缝接至闭合，成柱锥状。事未终结，有面子并非是真面子。将其翻个斗，外翻成里，内翻作面，这样，里子成了真里子，面子才是真面子，初成帽体。

大爱没有言语，常融于绣花功夫。母亲修整帽檐后，剪一宽约 30 毫米的红色布条作帽边，布条两边都折约 3 毫米，布条里子朝外，布面贴着帽体，将一边折叠处对准帽檐约 10 毫米处起针，先疏针固定绕圈闭合，再用平针缝制，另起针将帽边布条首尾无缝套接。平针需均匀且直，否则布多皱。将布条外翻绕帽檐往帽内对折，让布条面成真面子。此时，用陶瓷牙缸盛上热水，以缸底往复熨平压实帽边。随后，将剪好的帽套里布套进帽内，把帽套边夹在帽边与帽体之间，帽边布条已折的约 3 毫米边缘朝帽套帽体，这时，用斜钩针将帽边、帽套缝贴在帽体内侧表布上，至此，完成了帽的主体工程。

大事做于细，慎终必如始。母亲端详着帽，像盖房上梁似的，带着祈盼和祝福，用暗针缝制“帽之灵”。一个是帽徽，在帽边红布条首尾对接的对称处上方，一般用红头线缝上一个圆形的“福”或“寿”的字样；一个是帽顶，有的用红头绳编一个盘扣，有的用红头线编小袋子，里面装着精美的贝壳螺。母亲把儿孙当桂冠，常给儿孙编桂冠！

静看久了，则爱动。母亲就教我穿针。线头用嘴唇舔湿，线柔水弱，拇指食指适度捻拉，能使线头硬直起来，如针状。左手垂直拿针，右手拇指食指轻轻捏住线，露出约一指节长线头，对准针孔匀匀穿过，再缓缓拉出。刚学，多失手。练就，当递针输线帮手，乐其中。母亲说，穿针引线，要凝精聚神，心、眼聚焦针孔，眼疾手快，一气冲关。左顾右盼，优柔寡断，缩手缩脚，穿不了针，引不了线，过不了关。

善结者无绳约。母亲缝制的帽，外观看不到线痕，俊俏、好看。我欲戴，而婴儿帽只有成人拳头大，戴不了，扣头顶，傻傻笑。母亲乐开了花，说：“待你长大成人生小孩，再给你缝制。”

没有比针更硬的布，只有比布更韧的心。母亲沉浸于为儿孙缝制服饰的幸福之中。我的孩子出生时，母亲已近古稀，更是劳精劳神为孩子缝制衣装。不止我们家人，还有许多远亲、近邻，母亲都为他们缝补过，操劳过。母亲常说，乡里厝中，千年门墩。母亲以一针一线，友邻睦里，小孩的衣帽，老人的鞋被，婚丧的礼衫，婆媳的缝隙，妯娌的纠葛，家庭的隔阂，以人品之刚强硬气，以仁爱之柔美慈心，不遗余力地缝缝补补，穿针引线。因此赢得乡里乡亲、长辈后辈的尊重，被敬称为“亲二婶妈”，也因此为子孙缝出和谐成长之路。

诚毅写春秋，仁爱继世长。母亲手中针硬、线长。母亲一生竭力为子孙推针出海，织网、立纲、击风浪；引线入世，添衣、绣花、为人作嫁衣裳。母亲的成源于心，功在于心。以心织心，织出一番天地。

谁言寸草心，报得三春晖。梦母愿世人，不可迟迟归。

2020 年 3 月 13 日

盘髻子

母亲习惯于早起劳作。全家第一个起床，煮早餐，整家什，做卫生，房前屋后打理清楚，再坐下来，伴着炊烟，闻着饭香，听书声，梳头，盘髻子，恭候着破晓的黎明。

母亲端出老旧的梳妆盒，放在洗擦出木纹的八仙桌上。端坐板凳上，揭起梳妆盒盖子，让盖子里层的镜子正对着面。母亲左手轻握乌黑长发在左侧身前，右手先用粗齿的梳子，从额头发际处顺着头发，往发梢反复梳，再用细齿篦梳梳，特别对曲结处，一再重复梳，有时把曲结处反向折着梳，直至把发梳直，梳出条理，能清晰看出一根根头发有序顺畅的模样。再换手，将长发跨越过背，移到右侧身前，以同样的方法梳直头发。由此可见，头发变成有模有样，需要花一番功夫。接着，手掌擦上些许发油（茶油等植物油），顺着发涂抹均匀，头发立即发亮。要亮丽，得加油。而后，用小梳子细分挑理刘海，再将长发往脑后正中梳，拧成一股。左手握住发股与发际紧临处，稍稍往后脑上提，让发股略高于发际，右手拿一根红头绳，把红头绳中段放在左手握发处，左手捏住，右手拿着绳一端放嘴里咬住，再拿另一端绕发股若干圈，将绳子打结后，绳子两端往脸部两侧在下巴系紧。系绳时，得认真照一下镜子，看发股是否在后脑中间。而后，开始盘髻子。

母亲盘的髻子基本是元宝形的，有时是竖的元宝，有时是横的元宝。是竖是横，由长簪方位而定。盘竖的，长簪竖插；盘横的，长簪横插。盘发的其他技巧手法，已记不清了。记忆犹新的，无论盘竖的，还是盘横的，母亲都能把发梢和红头绳巧妙隐藏起来，看不到一丝散落。母亲盘好的髻子，似一座秀峰，邻里都夸好。母亲上了年龄，头发也掉了些许。为了元宝髻子的圆满，母亲在拧发股时，夹进了一鬃“假发”。所谓“假发”，是母亲收集自己掉的头发，也有用别人剪的长发，用黑线扎实，鬏头成锥柱状。到了年老头发越掉越多，髻子有些松，母亲就用黑线钩织的髻套网住，多插两把短簪，以保持髻子形状完好。盘好髻子，母亲一手拿一个小圆镜，照着髻子，利用反射光对准梳妆盒的镜子，左右、上下、远近检视髻子全貌。母亲常说，人要顾前，更要顾后，顾前，能跨越远方山山水水，顾后，可减少背后指指点点。

母亲总是一丝不苟地盘髻子，也像待自己一样，为别人梳好头。老家有个风俗，姑娘出嫁临上轿前，要举行“梳头”仪式，人们图吉祥，总是请享有较高声誉且心灵手巧的女性长辈梳头化妆。母亲常被邀请，热心为新人化新妆，添新花，喝新彩，喜上添锦，送新娘成新家。

母亲常说，生活的琐碎、艰辛，关起门来梳理、消化，而出门抛头露面，就得有一股气，满身精神。这是母亲的头等事。母亲一生自励、自强，始终坚持盘好髻子、打理清楚才迈出门，即便在病重期间，仍坚持自己盘发，手再不听使唤，也要把发盘好。

母亲的头等事，儿孙不敢忘却。每天心笑笑，出门笑笑，迎着太阳出场，这才是对母亲最好的纪念。

2020 年 4 月 6 日

种子

伟人说，长征是播种机。二万五千里长征，播散无数革命种子，因此，江山红遍。长征伟大，种子不朽。

种子，为何埋在地下，会独自破壳、长芽、生根？怎么就“种豆得豆，种瓜得瓜”？给人以迷恋、遐思、期盼。从植物学意义上说，下豆的种子，结的果实自然是豆，落瓜种，长的必然是瓜。现实明证，付出如豆，收获仅如豆；肚如瓜，才可怀上大金瓜。以芝麻之微力，难以享西瓜之大功。种子，既有形，又无形，统一于现实。种好，得以根正、苗壮、果硕，小种子，大乾坤。因此，俗话说，一颗良种，千颗好粮。庄稼人头等事，育种、选种、保种，无论何年景，都得有种！

种子年年选，产量节节高。记得小时候，家里种丝瓜，搭架子，让瓜藤攀爬舒展。如筷粗、似指大的小丝瓜，戴着多彩的小喇叭花，朝天竞相吹奏，引来蜂蝶群舞；如棒大的丝瓜，拥着花蒂，倒挂在架上，似仙女婀娜，当空摆造型，让人挑选、享用。经过几轮的日用摘选后，父亲会挑拣两三个，体大、圆满、翠绿且样好的丝瓜，作为种子瓜，吩咐家人，不能摘用，好瓜留作种。少吃一个瓜，来年吃好瓜，宁愿饿了肚肠，不能断了种粮。待到花蒂落，种瓜从绿而黄，进而从褐色转枯草色。父亲怕瓜被风吹落地，就会轻轻地顺牵着瓜藤，扶捧着瓜，让其横卧在瓜架上，静静休养，妥妥吸气，尽可能多吸些老藤的养分，以便瓜子更充盈、饱满些。直至藤枯收架，父亲摘剪下种瓜，带回家，挂在窗台、走廊、梁柱等阳光空气亮畅处，自然晾干。来年春天种瓜时，父亲小心剪开瓜络布，选黑得发亮且实而鼓的瓜子，做种子。挖个坑，种入地，浇透水，施好肥，又藤蔓旺，又瓜满架，又有好瓜吃，又得好种子。如此年复一年，循环往复，似乎是终点，又成了起点。人事何不如此？

小时候，还看到生产队挑、剥花生种子，

更是花一番功夫，又是一幅图景。俗话说，看田选种，看种种田。巧娘出巧女。田好，种子好。生产队一般会选好田作种田，精耕细作，育种留种。夏秋时节，花生叶由墨绿转青黄，带上似烧焦状的斑斑点点，枝中下部的叶子已枯黄掉落，花生即成熟了。择雨过地皮湿之机，生产队先组织到种子田拔花生。根枝连着花生拔起，抖掉沙土，合几棵成一束，整齐排放。收数十束扎成捆，一捆一捆，或扁担挑，或板车推，运回生产队花生埕。再打开扎绳，解开一捆又一捆，一排一排摊铺开，横卧着晾晒。一粒一粒花生开始露头，登台亮相，错落有序悬挂根茎头，似摇铃，遇风过，哗哗响。基本风晒干了，组织社员摘花生。收拾好根枝，再将花生集中起来晒，不时进行翻动，让每粒花生都有机会晒得太阳。生产队长、保管员随机抓取几粒花生，剥开壳，搓捏仁，有时还口含花生仁过过牙，认为干湿相宜，可入库，就组织风选。

种子经风扇，劣种容易见。选一个风口，一社员站上高板凳，其他社员蹲着用畚箕装起花生，站立，双手提起，眼看脚前地，脚往空地移步，抬起畚箕，在一侧呈送。板凳上的社员俯身接，端举起畚箕，连身约旋转 180 度，转换到另一侧，抬举过肩，双臂摇动，花生如雨帘，哗哗而下。饱满的，垂直而落；空瘪的，随风而去，分量越轻，飘得越末。重实者稳立风头，轻虚者漂泊风尾。在风头的花生，留作种子，受优待，入仓库，放进大木桶框保管，以防虫鼠损害。落风尾的，扫了装竹篾，送去粉碎榨油，无法留存、再世。好种劣种，风中溜溜。

来年临种花生时节，择一阳光明媚的天气，生产队组织社员剥、检花生，以女社员为主，也有细心的男社员。两张长椅架起一张大笏簸，大笏簸倒满了出库的土黄色带壳的花生，数个社员围绕着，坐着板凳。俯看，像一朵大葵花。方方正正的花生埕，涌现了十几二十朵大葵花。社员们或戏或笑，或唠着家常，或哼着乡村小调，你一粒、我一颗，或用食指拇指，或食指拇指中指并用，对着上下壳中线纹路绵绵用力，或捏或按或压，花生咧开嘴，发出声，噼、啪，噼啪，噼噼、啪啪，噼啪噼啪，噼噼啪，花生埕好像正在排演春播协奏曲。随着演奏序幕的拉开，花生一粒一粒脱胎出壳，十粒上百粒，成千上万粒。大苈簸先呈现一点红，迅速展现星星点点红，直至满堂红。此时的葵花，向着太阳，甚是好看。种子经过筛，幼苗长得乖。将花生仁过筛，筛掉干瘪细小的，再进行逐粒挑选，拣出破损残缺的、带斑点的、变质发臭的。留下的，都是圆圆满满，色泽红润透亮，作为“种子选手”，准备再出发，地里来，再到地里去。农家人常说，火越扇越旺，种越选越强，种子粒粒圆，禾苗根根壮。地里选，场上选，粒粒选，甜一年。决不可任性蛮干胡选，让种子不纯，坑死后人。

种子的命运和前途，在于落地。种子久放仓库，时过境迁，不结合土地，长不了芽，结不了果。再好的种子，都离不开土地。接了地气，吸了泥土的芬芳，才能生根、发芽，出得了土，见得了天，沐浴得了太阳，长得了果。伟人说，共产党人好比种子，只要与土地结合，都能生根、开花。这是讲人的精神。人要有一点精神，如高尚、纯粹、朴实的种子精神，满满的自信、自立、自强，不怕被埋没，埋得深、埋得久，根固苗壮，花艳果实。

牛年，牛气冲天，执牛耳，牵着牛鼻子，深耕，播好种。祝福朋友们像个种子，好种，种好，又种好，一代更比一代好！

2021 年 2 月 11 日，除夕

后记

唯有美食与爱，不可辜负。

番薯，无处不可安身繁衍。风吹雨打照旧生，日曝霜压无挂碍。其制成的番薯粉，承载着许多福清人难以忘怀的童年记忆。煎炸炒焖，样样皆可，是寄语乡愁的绝佳美食。尝一口番薯粉，熟悉的家乡味从味蕾流到心田。文章初看是乡情，细品是亲情，久久回味的是烟火薯香、人情世故和绵长哲思。

散文集分为“番薯物语”与“雪泥鸿爪”两辑。第一辑“番薯物语”共十篇散文，围绕福清特色食品——番薯粉展开。第二辑“雪泥鸿爪”收录六篇散文，有对父亲母亲的深情怀念，也有在辞旧迎新之际的感怀。

选文多为早前发表于公众号的文章，因受到许多读者的欢迎，遂有了印成小集子出版的念头。以人生旅程中感受至深的番薯作为支点，寻找温暖人心的亲情与乡情，展开一幅充满烟火气息、充满温情、充满深情的乡土人情世故画面。

在本书付梓之际，感谢中国美术家协会主席、中央美术学院院长范迪安先生题写书名；感谢福建省美术家协会副主席、福建省画院院长张永海先生精心配图；感谢所有关心支持本书创作与出版的朋友们。谢谢大家！文中疏漏之处，恳请读者批评指正。

2022 年 3 月 3 日

融入血脉的番薯情

——读散文随笔集《番薯情》有感

◎牧　野

乡音不改，乡情依旧，乡愁悠长。我熟悉的贞尧仔是一个十分怀旧的人，不管走得多远，都不曾忘记来时路。最近我读他的新书《番薯情》(海峡文艺出版社 2022 年 3 月版)，仿佛与他一起走进了那难忘的过往时光，感受那滋润心田的番薯气息，回味那热烈的故土挚爱。

据传，福建的番薯于明代时，由“地瓜之父”长乐人陈振龙从吕宋引进。陈振龙发现番薯可“随栽随活”，于是就把番薯藤剪成几小段，与缆绳编在一起，顺利通过了严格的海关检查，带回福建。从明代始，番薯长期是百姓的主粮，大大解决了百姓的温饱问题。可以说，番薯从落根于大地时起，它就以顽强的生命力与无限的付出，和劳苦大众联系在了一起。

番薯能直接食用，也能刨成地瓜丝，还能晒干储藏供一年四季食用。番薯全身都是宝，在乡亲的巧手下，“凡物成非凡”，制作出薯糜仔粿、薯糜仔饼、薯糜仔面……“番薯粉，家乡人没有哪家不用，哪人不吃，已融入每个人的血脉。”贞尧仔对番薯如此熟悉、如此眷爱，就是看到了番薯的特性，知道番薯乃劳苦大众温饱所系，与百姓的生息休戚相关。

番薯，曾一度是贫困的象征，能吃上番薯已经是幸运的了。随着百姓日子的红火，番薯已经退出了主粮的地位，但番薯带给每个人的成长却是真实的，或者说是刻骨铭心的。贞尧仔成长于农村，吃过饥寒的苦头，曾经受过番薯的诱惑与恩惠。番薯成了他乡村生活的深刻记忆，成了他奋力摆脱贫困并不断前进的不竭动力。他在《乡土情深》中说：“人穷，得有富人样，不畏穷，不攀富欺穷。”朴实的番薯见证了贞尧仔的成长，也见证了家乡的发展乃至国家的前进。我们这一辈人，对番薯的记忆，就是对成长的记忆。

番薯是成长的符号，也是国家前进的符号。

正是因为贞尧仔对番薯的情感如此浓烈，对成长经历如此记忆犹新，所以他的文章写得十分细腻。比如，造节粿的过程，他写得十分详细，每一道工序、每一微粉、每一细馅，都娓娓道来。描述这过程，就是在回味成长，回味乡土，回味凝聚在这番薯上面的人与情：“番薯丸是家乡人的挚爱，也是睦邻善友的使者。”而这其中，贞尧仔对母亲的回忆尤为强烈，母亲仿佛就是番薯的化身。

唯有门前镜湖水，春风不改旧时波。番薯是游子贞尧仔思念家乡的具体物象，正像门前的镜湖水，那春波微微，总是缠绕于游子的梦中。游子之所以对番薯魂牵梦萦，是因为母亲的双手，是因为母亲不断的付出。《番薯情》与其说是写番薯，不如说是写对故土的思念，以及对母亲父亲无限的缅怀。造节粿的每一道工序都是母亲倾注心力完成的，制番薯丸也是母亲亲自做的，母亲就是作者与番薯之间的桥梁。“谁言寸草心，报得三春晖”，番薯是母亲，母亲就是那朴实、无私奉献的番薯，在作者笔下，番薯与母亲俨然融为了一体。而番薯外表的无华，正如父亲的本真、厚实。

风吹雨打照旧生，日曝霜压无挂碍。番薯是物，是情，是爱；是过往，是思念，也是展望。贞尧仔对番薯的情，不仅反映其对故土的爱、对母亲的思念，更进了一层，还化为了对未来的展望与憧憬。他知道，“福清哥”能得到人们的褒奖，是因为有无数如母亲一样的“福清妹”，她们凭自己的勤劳和智慧，化腐朽为神奇，拿捏制造出用之不尽的物质和精神食粮，让“福清哥”拼搏天下，走天涯，生生不息。他仿佛在提醒后来者，要真切体悟番薯的情意，扎根大地，不忘根本，向上，再向上。

薄薄的一册《番薯情》，却融合了十分细腻的情感、无限深沉的情意。朴实无华的番薯，是我们记忆的缩影，承载着意味深长的人和事，饱含着浓郁炽热的情与思。透过本书，我仿佛与贞尧仔一起走过了岁月的沧桑，共同成长并对未来满怀憧憬。

（发表于《文艺报》2022 年 4 月 27 日）

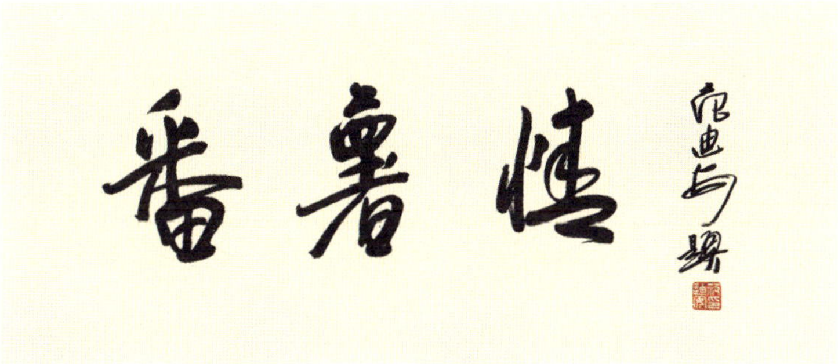
番薯情